続・新地物語

目次

新地の四季

その頃の僕の巣は、新地の南外れにある「サラダ」という名の小さなオールナイトのスナックでした。そこでは五千円で朝まで飲めたのです。

マスターは五十前の口の悪い酒飲みでしたが、気の優しい快活な男でした。根っから世話好きのマスターは、僕が独りで飲んでいると、同じように独りで来ている女に声をかけ、話相手を作ってくれました。

「カオリちゃん、こっちはKちゃん、デュエットでもどや?」

マスターはそんなふうに、いきなりお互いの名前を紹介したかと思うと、もう向うの隻腕のピアノの老先生に、冗談口を叩きながら水割りを作っています。しかし、その一言で、僕も女もお互い、この相手は一夜限りの飲み友だちとしてはお薦めだという、マスターの保証を得たのでした。

僕は女に軽く会釈します。そして、女が僕を今晩の酒の相手と認めれば、彼女の方からスツールを移動して僕の隣にやって来るし、そうでなければ、ただグラスを上げて愛想よく挨拶を返し、またお互い独りで飲み続けるのでした。

男からでなく、女の方から席を移るのが、暗黙のしきたりでした。

席を移るとき、たいてい女は、自分のグラスと一緒につまみのポテトサラダの小皿を持って来ます。それは、店の名前にしているだけあって、マスターご自慢のお手製のポテトサラダなのです。目下独り者のマスターは、毎日自分で作ったサラダを大きなタッパに山盛りに仕込み、客が扉を開けると同時に、熟練の業で素早く客のボトルを探しだし、唯一のつまみであるこのサラダを供するのでした。

「Kちゃん、これがコツやねん」

ある時、マスターが棚から見慣れないブラックペッパーの大瓶を取り出して見せてくれたことがありました。このパキスタン産のブラックペッパーの二振りで、ポテサラが大人向けの格好の酒肴(チャーム)に変身するのだ、とマスターは説明しました。その産地の真偽はともかく、僕はここで初めてブラックペッパー入りのポテトサラダを味わい、それ以来、それは僕にとって新地の夜明け前を思い出させる懐かしい味と香りになりました。僕はこのポテトサラダを一晩に何回も食べ、

「Kちゃん。お替り同じもんでええか?」

と、グラスの空いた僕にマスターが尋ねるたび、

「ポテサラのお替りやったら貰うで」

と茶化してはマスターを怒らせ、また喜ばせたものでした。

　女がサラダを持って僕の横に座ると、僕たちはいつも懐かしい旧知の間柄になったような気がしました。それは後ろでいちゃついているホステスとパトロンのカップルとはまた違った、幼な馴染みのような不思議な雰囲気でした。

「Kさん、この店はよう来るの？」

「気が向いたらな」

「ねえ、金曜日来おへん？朝まで一緒に唄およ。ウチ、店終ったら来るから」

　女たちは自分の店に来てくれとはいわなかったし、僕も彼女たちと外で会おうとは思いませんでした。そんなふうな、ホステスと客でもなく、また男とオンナでもない淡いさりげない関係を、その頃の僕はけっこう気に入っていたのでした。

「Kちゃん、可愛いなあ」

マスターがあるときそういって、冷やかし半分に僕を褒めたことがありました。

「おおきに。顔が?」

「あほな。お互い顔は辛うじてついてるだけやがな。そやない。Kちゃん、全然女を口説こおとせえへんやろ。たいてい下心見え見えの奴が多いけど、Kちゃんはただ喋ってるのが楽しいゆう感じやろ。それが滋味があってええなあ」

「口説きたいけど、俺チンチン小っちゃいからなあ」

「そら知らんけどな」

二人で卑猥な笑いを笑いながら、僕は内心マスターがさすがに客をよく見ているのに感心もしていました。僕はそのちょっとまえに腐れ縁の女とひどい別れ方をし、もう女とつき合うのはこりごりという気分だったのでした。その頃の僕にとって、女との快適なつき合い方というのは、口先で無責任な言葉を弄びながら明け方まで飲むという関係でした。女がたまたま豹柄のキャミソールを着ていたら、それを見てやや欲情はしながら、男と女の関係になってしまうのはわずらわしいとでもいうような、そんなうらぶれた気分で生きていたのでした。同時に、開き直ってそれが粋だとも思っていた僕の匂いを敏感に感じとり、マスターはそう冷やかしたような気もします。

「何もわざわざ口説かんでも、この店の中で皆セックスしてるんやからな」

マスターがよくこういっていたのは、若い頃からの酒飲みであり遊び人である彼にとってありきたりな情事はもうほとんど触手も動かず、今や、「セックス＝コミュニケーション」という境地か、あるいはほとんど、「セックス＝一緒に酔い潰れること」というところまで達していたからでしょう。あるいは、その先彼に残されていたのは、「セックス＝心中すること」だけだったかも知れません。

スナック「サラダ」は、その時間までのマスターの酔い方によって多少のずれはありましたが、だいたい十二時過ぎに開店しました。

店は五、六席のカウンターと一組のベンチのようなボックスがあるきりで、十人も座ればいっぱいになりました。ただし、実際にはそれだけ座ることはほとんどありませんでした。というのも、カウンターが満席に近づくとマスターは手が回らなくなり、客がお替りを注文すると怒鳴り返す始末であっただけでなく、何より後ろのボックスは客が順番に仮眠をとるために空けておく必要があったからでした。いつのまにかカウンターから常連の誰かが姿を消すと、きっとそのボックスで安らかに眠っていました。木製の長椅子に敷かれたムートンの毛皮はどう考えても清潔そうには見えませんでしたが、酔っ払いにとってそこは寝心地は満点だったのです。

ナイトの店が普通そうであるように、「サラダ」も午前一時を過ぎて徐々に賑やかになっていきました。パトロンを連れて歌いに来るママや、店のはねたホステス同士や、厨房が一段落した板長や、出番まで時間を潰しに来るギターの先生や、ゲイ・バーのママや、隻腕の老ピアノ弾きや、締切から逃げ出して来たデザイナーたちが、いつも楽し気にグラスを傾けていました。店の扉を開けると、僕はいつもまるで中世の妖精の森に紛れ込んだような気がしました。そこは「青い鳥」と「ピーターパン」と「メリーポピンズ」と「白雪姫と七人の小人」をごちゃまぜにしてアルコール漬けにした世界でした。

店の内装や什器はいわずもがな、客層や店内の雰囲気を方向づけるのは、やはりそれぞれの店のマスターの性分に拠ります。マスターを慕って来る客同士の話題の傾向にまで、マスターの雰囲気は反映され、たとえばある店はいつ行っても常連客の虚勢や自慢の声が交錯して聞え、またある店は常に悲しみと失望が充満していたりします。それにひきかえ、いつも「サラダ」の店内が洒落や優しさや労りや好意の揶揄に満ちていたのは、マスターが単に口の悪い酒飲みだっただけでなく、根っから明るい水商売向きの人間だったことを雄弁に証明していたのでしょう。

ある晩、僕が例によって一時もすぎてから古びた樫の扉を開けると、マスターが上機嫌のダミ声で（いつも酔っていて上機嫌でしたが）僕を迎えました。

「Kちゃん、ええとこに来た。アケミとユカリが来てんねん。こいつらテレクラ大会するゆうて、宣伝のティッシュようけ集めとんねん。ちょっと話聞いたってくれ」

見ると馴染みの女が二人、カウンターにポケットティッシュをずらりと並べて賑やかに何やら相談していました。アケミは白無地のTシャツにGパン姿でカウンターのスツールを尻で左右に回し、黒のタンクトップのユカリはミニスカートの脚を組み、ポテサラを口いっぱい頬張っていました。全然色気のない格好のこの二人は、本通りのクラブの売れっ子ホステスなのでした。

「Kちゃん、まいど!これ見て!」

僕を見つけると、アケミが大声をあげていいました。どうやら大分飲んでいるようでした。

「まいどて、八百屋ちゃうんやからな。何や、俺そんないっぱいティッシュ要らんで」

「ちゃうねん。これ、駅で貰おたテレクラの宣伝用のティッシュやねん。ウチとユカリちゃん、テレクラ大会しょうゆうてんねん。Kちゃんも一緒にやらへん?」

「何やそれ。テレクラへ行くんか」

「ちゃうちゃう、ウチらが行ってどうすんねん。ちゃうねん。自分の部屋からテレクラに電話かけて、相手をおちょくるねん。メチャおもろいで。Kちゃんもおいで！ウチはまだ未熟モンやけど、ユカリちゃんはうまいで！電話でオトコをイかすんやもん！」

「Kさん。来て来て。すごく面白いよ。一回私の必殺のテク聞いてよ！」

おとなしいユカリまでが調子に乗ってそういい出し、思わずマスターを振り返ると、彼はいつものようにニヤニヤ笑って別の客に水割りを作っています。マスターはこの手で人を巻き込んでおいて、自分は関係ないという顔で傍観者に回るのが常なのでした。

「Kちゃん、テレクラ大会に乾杯や！また話聞かせてや！」

マスターが愉快そうにそう叫び、僕はどうせ何をやるのも酒落だと苦笑して、これでどうやら僕のテレクラ大会へのエントリーは決まってしまったようでした。アケミとユカリは拍手して僕を冷やかし、それからひとしきりはしゃいだあと、これから餃子を食べに行くといって二時もよほど回ってから二人で店を出ていきました。

けたたましい笑い声をあげながら二人が扉を開けるのと入れ替りに、今度はオンナが独りで店に入って来ました。

やはり新地で働いているのでしょうか、まるで洋画に登場する伯爵夫人のような庇の広い花柄の大きな帽子を被り、落ち着いたベージュのノースリーブのワンピースを着た、ユニークで魅力的なオンナでした。季節はもう初夏だったのです。

「マスター、久し振り」

そう話しかけた声音はまろやかな大阪弁でした。笑うと口が広がり、顔中が笑顔になりました。こんなに顔中が笑顔になるオンナを、僕は見たことがありませんでした。しかも、それは美しい笑顔でした。

オンナは多少酔っているように見えました。酔うと美しくなる女とその逆の女がいますが、幸いなことに彼女の場合は前者でした。アルコールがオンナの表情に活力と性的な魅力を与え、華やかな微醺を帯びて輝かせていました。オンナは、独りで飲んでいた僕の方にも気前よく笑顔を向け、

「今晩は」

と愛想よく挨拶さえしたのでした。

「Kちゃん、こいつ、ジュンコゆうねん。上通りにある老舗のラウンジのチーママや。もう古いつき合いや」

マスターが女のボトルをカウンターに置きながらいいます。

「ジュンコ。Kさんや」

例によってマスターがお互いを簡単に紹介すると、オンナはとりあえず職業によって培われた礼儀正しさを保ちながら僕に話しかけました。

「ジュンコです、よろしく。きょうはお独り?それとも後で彼女がお見えですか?」

「君を待ってたんや、ジュンコ」

「あら、遅なってごめんなさい。ちょっとパンツを買いに行ってたもんやから」

僕が大阪のルールどおり漫才口調で会話に入ると、オンナは少しも慌てず涼しい顔でそう切り返し、これで僕たちは、犬が匂いを嗅ぎ合うようにして同じ文化の人間であることを確認したのでした。僕は久し振りに少し浮き浮きした気分になりました。

「ほな、改めて乾杯しましょうか」

「何に乾杯するんですの？」

「ジュンコママの素敵な花柄のパンツ、いや違た、帽子に」

こうして僕たちは人生の五分まえまで見知らぬ他人であったことも忘れ、気持ちよく飲み始めました。ジュンコのボトルは素焼きの五合徳利の「吉四六」という大分の焼酎でした。マスターはロックグラスに氷を入れ、半分ほど焼酎を垂らし、わずかばかりのミネラルを注いで一個を半分に切ったレモンを贅沢に絞り込みました。この大量のレモンによって、この店の焼酎はわれわれの知っている焼酎とまったく違う爽快な呑みものに変身するのでした。

「店の方はどうや。ノルマきついんやろ」

マスターがグラスをジュンコに渡しながら尋ねます。

「マスター、私ね、独立しょう思てるの」

ジュンコはこの街の女の顔に戻っていいます。

バブルが弾け、この島国は底知れぬ不況と後退と無気力の深い海溝に沈み始めていました。この街で働く女は皆、店から厳しい売上げのノルマを課せられていました。去年までの景気のいい時にはノルマをこなすため無理を頼めば来てくれていた客も、ひとたび不景気になると絶えてこの街に足を向けなくなっていました。いったん景気が傾くと客足は段階的にではなく一挙に途絶え、しだいに支払い遅延が発生し、それはそのまま不払いになっていきました。

客の不払いは、結果的にその客の担当のホステスが自分で被ることになります。収入面ではＯＬの何倍も得られはするものの、トラブルがあったときに客に督促するという作業は、店でなくホステス自身が行わざるを得ないシステムに、この業界は仕組まれていました。また、店によっては客を同伴出来なければその日は出勤に及ばずという週を設け、ホステスのリストラを始めるところも出始めていました。ジュンコママは、同じ不況の荒波を被るならいっそ独立した方が苦労のし甲斐があると思ったのかも知れません。

「マスター、いろいろ相談に乗ってね。店の経営なんか全然わからへんねんもん」

マスターは急に分別臭い中年の顔になって真剣に返します。

「客を集めるのも大変やけど、従業員を使うのんがもっと大変やで。俺は気楽に独りでやってるけど、人を使うとなるといろいろと気苦労せなあかんし、そのあげくに裏切られることもある。逆にゆうたら、自分も今まで店を裏切ったこともあるかも知れんけどな」

ジュンコは小さく溜息をつき、

「勤めてても自分で店出しても、苦しいのは一緒やてゆうわけね。新地を上がったら一番楽なんはわかってるけどねえ」

とつぶやくようにいいます。

「上がられへんって。新地以外では生きていかれへん人種がおるんや。俺もお前もそうや。いろいろあるけど、ここはええ街やからな。色んな奴に出遭うしおもろいこともいっぱいあるし」

マスターはそんなジュンコを見、自分のグラスにバーボンを無造作に注ぎ足しながら茶化すように笑いました。マスターの取り柄は、その揶揄するような笑顔が案外暖かいことでした。ジュンコはマスターのその言葉が当面の人生の保証書だというように、少し安心した顔になりました。

「心配しててもきりないわ。唄でも唄っちゃいましょう」

一見して、女は経営者に向かないように見えました。そう若くもないのに生き擦れた様子が窺えず、何より人の好さが顔に表れすぎていました。それはもちろん好ましいことですが、人を使うのにはきっとマイナスになるだろう美徳でした。

夜は加速度を増して更けていきました。ジュンコは僕の隣に座り、僕たちはいつのまにか恋人のようにはしゃぎ、じゃれ合い、そして唄っていました。ジュンコは浴びるように飲むのではありませんでしたが、ペースを落とさずによく飲みました。一杯ごとに半個分のレモンを絞り込んだマスター特製の焼酎はかなり濃かったのですが、幸か不幸か、飲むほどになぜか気分をリフレッシュさせてしまう厄介な代物でした。

気がつくと五時を回っていました。土曜日の朝でした。

「Kさん、これからどうしはるの?きょうはお仕事?」

ジュンコがまったりと僕に尋ねます。

「いや、きょうは休みや。ママは?」

「私もきょうはお休みなの。ねえ、これからドライブしません?」

「ドライブ?」

「そう、ドライブ。私、クルマで来てるから。きっと気持ちええわよ。久し振りに須磨の海へでも行ってみたいわ」

「誰が運転するねん」

「代わり番こにいきましょ」

人間は朝まで飲んでいると妙に元気になってしまいます。ましてレモンたっぷりの酒を飲んでいると、なおさら始末に負えませんでした。マスターの判断で僕がジュンコの分も勘定し(つまり二人で一晩一万円です)、僕たちは一緒に来た恋人のように腕を組み、マスターに祝福されるようにして店を出ました。建てつけの悪い樫の扉を景気よく開け放つと、夢が醒め閉店を告げる徴のように初夏の眩しい朝陽が店の中に差し込み、僕たちは目を細めました。

ジュンコが駐めているのは近くのSパーキングでした。サイズよりひと回り大きく感じられる精悍な角型フォルムの黒のブルーバードが、忠実なボクサー犬のように朝陽を全身に浴びて主人を待っていました。

ジュンコは少しふらつきながら運転席に乗り込み、キイを回します。

「大丈夫?俺運転しょうか?」

「大丈夫。このクルマ、私のゆうことよう聞いてくれるから」

エンジンをかけた途端、ちょうどカーラジオから流れ出したMADONNAのMaterial・Girlのイントロが車内いっぱいに響き渡りました。何となく気分には合いましたがボリュームが大きすぎ、僕は思わず耳をふさぎながら叫びました。

「いつもこんなボリュームなんか?」

「そう!これやと覆面パトカーの制止の声も聞こえへんでしょ。なんか、安心して運転できるような気がせえへん?」

「そういう問題やないと思うけど……」

新地の近くから阪神高速へ乗ります。いつも渋滞している神戸線も、この曜日のこの時間ではさすがに空いています。ジュンコはミラーのサングラスをかけて運転していました。その横顔は朝の光の中でもやっぱり綺麗でした。僕は悪戯心がわきあがり、ジュンコの両手がハンドルでふさがっているのにつけ込み、素早く彼女の左耳にキスしました。その瞬間、クルマが大きく意図的に蛇行しました。あわててアームレストを掴んでジュンコの方を振り向くと、ジュンコはアハアハ笑いながらまえを向いたまま、ラジオに抗って叫ぶようにいいました。

「もう一回キスしてみる？」

「いや。次の信号待ちまで待っとく」

「そう？ そやけど高速の上には信号なんかないわよ」

クルマが須磨に入ったのは七時まえでした。

ブルーバードは視界のいい国道二号線を走っていました。昔この辺りは、海を見ながら走る以外には何の意匠もありませんでしたが、久し振りに見ると、道路は拡幅されており、国道の両サイドには、まだペンキと新建材の匂いが鼻をうちそうなビーチハウス風のファミリーレストランやカフェが並び、マリンショップやハンバーガーショップまでが建ち始めていました。それらは映画の書割のようにも見えました。海のほうを見ると、施工中の明石海峡大橋の巨大な橋脚が深い靄のなかに浮び上がっていました。

ある信号の直前で突然左のウインカーが点滅し、ほとんど急ブレーキで速度が落とされました。振り返ったときには、ブルーバードはすでに真新しいラブホテルの半地下の駐車場に滑り込んでいたのです。

「モーニングでも食べる時間かな」

まるで敵の追跡をくらますようなその鮮やかな手並みに感心しながら、僕はそう尋ねました。

「ええ。信号待ちの間にね」

ジュンコは笑って答えました。つまり、僕たちはさっきのキスの続きをすることに合意したというわけでした。

ジュンコがパネルで選んだ部屋に入ると、中はリゾートっぽく白の色調で統一されていました。この種のホテルには珍しく広々としたベランダが展け、ベランダの向こうはきらめく碧い海でした。ジュンコは喚声をあげながら、満面の笑顔を浮かべてベランダに駆け出しました。潮風に髪をなぶらせながら海を見て、ジュンコは唄うようにいいました。

「ええ気持ち！生きててよかったって感じの朝やわ！」

僕も幸福に夢うつつでした。ベランダに出てジュンコの隣に並び、恋人のような仕草でジュンコの肩を抱くと、ジュンコは口もとに挑発的な笑みを浮べて僕を振り返り、自分の唇を僕の唇に押しあてました。瞬く間に僕の口いっぱいに鮮烈なレモンの香りが広がり、僕はキスしながらジュンコのワンピースの胸もとのボタンを外しました。ジュンコの薄いピンクのブラジャーとまっしろな肌が可憐に覗き、甘い体臭が匂いました。

「海を見ながら抱き合うなんて、ゴージャスね！」

ジュンコは僕の耳もとで、ふたたび唄うようにささやきました。酔いがまだ、彼女の肉体と精神を高揚させていました。僕たちはカーテンを開け放ったままベッドにもつれ込みました。ジュンコは明るい方が好きみたいでした。それは自分の肢体に自信があるということで、実際ジュンコの肉体は綺麗でした。

　ジュンコは少女のように柔軟に、それでいて成熟した女の意志と主張を持って、巧みに情事を組み立てていきました。僕たちはまるでお互いを知り尽くしているような情事を楽しみ、躯の奥深い部分まで確かめ合うことができました。僕の動きにつれてジュンコが深く切ない喘ぎをあげるたび、レモンの香りが僕たちのベッドの周りを満たしていきました。

　満足すべき情事が終り、二人でシャワーを浴びているとき、僕たちは不思議なほど幸福でした。バスルームから出ると、部屋にあったタオル地の白いバスローブをはおり、晴れ渡った海を見ながら、僕たちはルームサービスの朝食を食べました。モーニングのメニューは目玉焼き、ウインナー、野菜サラダ、クロワッサン、オレンジジュースというありふれたものでしたが、健康な空腹感を抱いた僕たちには、ちょっとした御馳走でした。初夏の朝陽が二人の間柄をちょっと塗り替え、僕たちは年がいもなく、恋する男の子と女の子のような気分にすらなって興奮していたのでした。

「目玉焼きなんか食べるの、久しぶりやなあ」

僕はフォークを突き刺しながらいいました。

「こんないい女を食べるのは？」

ジュンコがサラダを頬張りながら笑って尋ねます。

「それはもう、初めてですよ。今、一生懸命自分を抑えてるとこ」

僕は思わずむせ返り、うぶな少年のしどろもどろの演技で答えます。

「抑えてる？何で？」

「それはもう、必死で抑えんと。本気で好きになってしまいそうやから」

「本気で好きになったら、あかんの？」

「いや、別にあかんことはないけど。そやけど、ご迷惑でしょう」

「そんなことないわ」

ジュンコはしれっとしていいます。

「本気で好きになってくれる男の人は、多ければ多いほどええわ。遠慮せんと、本気で好きになって」

「恐れいります」

僕はそうとしか答えようがなく、思わず二人で笑い合いながら、こんな笑いを女と笑ったことはずいぶん久し振りのような気がしていました。

楽しい朝食を済ませると、僕の希望で、ジュンコに最寄りの駅まで送って貰い、そこで別れることにしました。あまり気分のいい関係だったので、その雰囲気のまま一刻も早く別れたかったのです。ジュンコも同じ気持ちだったらしく、薔薇の花壇のある駅前のロータリーでクルマを停めると、顔中を笑顔にしていいました。

「とても楽しかったわ。どうもありがとう」

「こちらこそ。また、店オープンしたら電話してや。ゲンつけに行くから」

「ええ！次に会う時も、こんなお天気やとええわね！」

ジュンコはミラーのサングラスをかけ直し、クルマをUターンさせて走り去りました。ためらいのない気持ちのいい去り方でした。疾走するブルーバードを見送りながら、僕はまた禁じ手にしようと決めていた恋心がほのかに湧き上がっているのに気づき、自分で自分を嘲笑したのでした。

「え？マスター何かゆうた？」

それから二週間ほどして、やはり独りで「サラダ」で飲んでいるときのことです。僕はマスターのだみ声にふと物思いを破られ、我に返って聞き返しました。

「ほら、こないだここで飲んでたジュンコママや。Kちゃん、意気投合して朝まで飲んでたやん」

「ああ、そやな。人の好さそうなママやったたな」

僕はとりあえず忘れていたようなふりをし、特別な関心はないといった口ぶりでそう答えました。

「人が好すぎるわ。もっと割り切らなあかんのやけどな、ホステスとしては。しかし、そこがええとこでもあるわけや。ホステスである前に人間やからな」

「そらそうや」

「俺の店では、皆一人の人間やからな。ここには会社の社長も来るし、ホステスも来る。ヤクザやオカマも来る。ポン引きやら、ギターの先生やら、詐欺師まがいの奴も来る。外では、皆それぞれの顔でそれぞれの渡世をしとる。こんなKちゃんでも、昼間は一流商社のサラリーマンや」

「抛っとけ」

「褒めたんや」

マスターは笑って、自分のグラスにターキーを注ぎ足しながら続けます。

「そやけど、俺の店の中では皆一緒や。皆同じように一日の仕事が終わって、一杯晩酌をしに来るっちゅうわけや。皆、タイタイの一人の人間や」

マスターのいつものセリフです。僕は話を戻します。

「それで、ジュンコママはよう来るんか？」

「昨日久しぶりに来たな。何か店のママとうまいこと行ってへんみたいや。あそこのママもよう知ってるけど、なかなか遣り手のおばはんでな、えげつないこともようけしとうる」

「へえ」

僕はマスターに相槌をうちながら、心の中ではジュンコの美しい肢体を思い出していました。

「ジュンコ、昨日はだいぶ荒れとったで。最後は後ろのボックスで酔い潰れてしまいよった。あいつにしたら珍しいこっちゃ。何があったんか知らんけどな」

いつものことながら、マスターのいい方には、「例え知ってても、人にはいわへんけどな」という匂いがありました。僕はとぼけて聞いてみました。

「マスター、確かあのこ、自分で店出すゆうてたな。出せるやろか」

「難しいやろなあ」

マスターはまた自分のためのお替りを作りながらいいます。

「店持つんはそう簡単に出来ることやない、あいつみたいな性格の奴にはな。誰かが全部お膳立てしたらな、どだい無理な話や」

そのとき樫の扉が開き、ホステスと客らしい二人連れが店に入って来ました。不動産関係の経営者といった感じの五十がらみの脂ぎった太短い男と、着物姿の当のジュンコでした。ジュンコは男に気づかれぬように素早く僕に笑いかけてから、僕と離れた席を選んで座ると、はなやいだ声で男にいました。

「ターさん、きょうは本当にありがとう。皆さんで来てもらって。ノルマが助かったわ」

ジュンコは男に向き直り、顔中を笑顔にしています。男は全身から脂気と湯気を発散しながら、肩を揺すって笑います。

「ジュンちゃん、来週またゴルフ行かへんか。岡山の方やねんけどな、えぇコースがあって、近所に旨い牛肉食わせるホテルがあるんや。自分とこで牧場持っとんねん。身イがよう締まっとって、それでやわらこうてな。思い切りニンニクかけて焼くねん。そらもう堪らんで。涎ズルズルや」

「わあ、嬉しい。連れてってくれはるのん?是非行きたいわ。いついつ?」

マスターはおしぼりと突き出しの用意をしながら、僕にこっそり肩をすくめて見せました。男はご機嫌でキンキンに冷えたビールを注文し、ジュンコの肢体のどこかしらを触りながら次々とデュエット演歌を唄い始めました。その間、ジュンコは僕に見せたのとまったく同じあの笑顔で、男を見つめていました。ジュンコは、僕が鉄鋼や兵器を売っているのと同じように、夢といい気分を切売りしている営業中なのでしょう。

いくら上客だからといって、金のためにいやな男に抱かれなければならないという時代ではありません。客をどうあしらうかはホステスの才覚であり、更にいえば女の側に決定権のある取引きなのです。

世間にはホステスを落とすのが得意だと自慢する自称色男が五万といますが、それはまったく逆で、実はホステスたちが男を取捨選択しているにすぎません。男の経済力や容姿や性的魅力を厳正に審査し、その上に「その夜の気分」という香料をふりかけ、あくまで女が結論を下すのです。男は初めから下心をさらけ出して丸腰で立っているのだから、審判を待つ被告でしかありません。つまりジュンコは、このオヤジと寝ることを自ら選択しているというわけでした。それは金のためかも知れないし、それ以外に理由があるのかも知れません。しかし、いずれにしても、ジュンコは自分の意志で僕と寝たようにこの男と寝ているのです。僕は目の前で情事を見せつけられたような、砂を噛むような思いでした。

「さ、マスター、俺もぼちぼち帰るわ」

それからジュンコと男が半時間ほどはしゃいでからそそくさと店を出た

あと、僕は夢から覚めたような気分で立ち上ってそう告げました。

「ジュンコ、戻って来よるで」

マスターは洗い物をしながら、こちらを斜めに見ていいました。

「関係ない」

僕は決して腹を立てていたわけではありませんでしたが、ジュンコへの感情はこの試練の半時間ですっかりささくれ、色褪せていました。

「客と一緒に来たオンナが戻って来るのを待っててもしゃあない。帰る」

僕が吐き捨てるようにいうと、マスターは阿呆な男を見るような、また可愛い息子を見るような色の濃い目で僕を見て笑いました。

「Kちゃん、水商売してるとな、わからへんようになるオンナがおるねん。ちゃらんぽらんな話みたいやけどな」

「何がや」

「客やから寝るんか、惚れてるから寝るんか、友達（つれ）として寝るんか、物寂しいて寝るんか、自分でもわからへんようになるんや。どっちゃにしても、まあ大した違いはないんやけどな。セックスの気持ちよさがその内のどれやねんていわれてもな。しょせん、好きかそうでないかてゆう話やわな。Kちゃんがマジになって、俺と寝るんは恋人としてか、それとも客やからか、て開き直ってオンナに詰め寄っても、それは不細工なだけの話や。オンナが男と寝るのに理由はないんやから」

「…ちゅうこっちゃな。わかってるよ」

僕はその時、父親を見るような目でマスターを見ていたかも知れません。

「マスター、またひとつオトナになったわ。ほな、おやすみ」

僕が苦笑しながら店の古ぼけた樫の扉を押し開けると同時に、僕の軽薄で些細な恋は、またしても幕を閉じたというわけでした。


ホステスのアケミとユカリのいっていたテレクラ大会を実行したのは、それから二月ほどたった九月の終りの、とある台風の晩でした。

僕はその頃、何よりもおふざけとお祭り騒ぎを求めていました。常にないことに、その夜は新地の飲食店の多くが早仕舞いをして、十時過ぎにはもう本通りまで閑散となっていました。大阪は滅多に台風の来ない都市で、会社や商店がそのために早仕舞いするのは十何年振りの事件でした。ところが「サラダ」だけはこんな晩に限って、後にも先にも見たことのないほどの繁盛ぶりを呈していたのでした。

僕が樫の扉を開けると唯一のボックスまで客が溢れ、ちょうどユカリとアケミはカウンターの一番奥のカラオケの操作機の隣のスツールで、ご機嫌で唄っている最中でした。

「♪私の気は変わっても、あなたは変わっちゃダメよ。裏切ってもいいのは私だけ♪」

アケミとユカリはカウンターにシャネルとプラダのバッグを置き、遠足に行く子供たちのようにはしゃいでいました。それは外で荒れ狂う台風の高揚感と相俟って、まるで人生は遊びだという題の絵のように人をわくわくさせる光景でした。

「Kちゃん。早よこいつらどっかへ連れてってくれ。店の品が落ちる！」

マスターは僕を見つけるが早いか、そう大声を上げました。

「ほんまや！」

ニューハーフの恋人と来ていたアル中気味の建築家も、向こうから怒鳴りました。

「Kちゃんが早よ来おへんから、こいつら、もう五曲目やで。カラオケの機械の横に座って自分らで曲入れて唄とおんねん。こら、たまにはわしにも唄わせ！」

後ろのボックスでは、若社長とホステスのカップルがデュエット曲を捜していました。こちらのほうは仲よく抱き合って辛抱強く待つつもりのようでした。僕は思わず洋画のように肩をすくめてマスターにいいました。

「この唄終ったら連れて出るわ。残ってるサラダ、タッパに入れといて」

しかし実際に僕たちが店を出たのは、それからたっぷり三十分ほど経ってから、アケミとユカリが更に五曲ばかり、女の気まぐれとワガママを賛美した唄を唄いあげた後でした。

「サラダ」の入っている古い貸しビルを出たとき、豪雨はまだ激しくアスファルトの路面に叩きつけ、僅かに消え残った街のネオン看板が乱反射して虚飾の街全体を美しい幻のように浮び上がらせていました。

「うわ！ごっつい雨！駐車場まで走ろ！」

そういうなりショートジーンズ姿のアケミがいきなり駆け出しました。アケミの白くて細い腿が、モノトーンの夜の中に清冽な色気を放ちました。オレンジのタンクトップを着たユカリも、アケミを追いかけて走り出しました。しなやかな筋肉質の美しい肩が雨を弾きました。

パーキングに入れてあったアケミのクルマは、真っ赤なシビックでした。一世を風靡したそのキャッチコピーで呼べば、人気のＷｏｎｄｅｒ・Ｃｉｖｉｃのモデルです。

「これが一番加速つくねん！ポリ振り切るには、このクルマが一番やで」

アケミは運転席に乗り込み、まだ肩で息をしながら自慢気にいいます。

「ふつうは、クルマ選ぶ時にあんまりそういう基準は考えへんけどな」

僕はズブ濡れの体を折り畳むようにして後部座席に潜り込みながら、そう返してやりました。僕にとって、そこは座席と呼べるほどのスペースはありませんでした。まもなく、いかにもアケミらしいドライビングで、シビックは嵐の夜の底を潜水艦のように疾駆し始めました。

「アケミちゃん。子供の時、台風て何かワクワクせえへんかった?何か冒険が始まりそうな気イするやん。すごい楽しなって来たわ、私」

助手席のユカリが窓外に目をやりながら無邪気にいいます。

「ユカリ可愛いな。ウチは欲情するわ、なんちゃって」

「アケミちゃん。私もむかし赤のクルマ乗ってたん覚えてる?カリーナ」

「酔うて御堂筋を逆走したやつやろ。アンタようあんなムチャしたわ。ほんまはウチよりアンタの方がよっぽど大胆なんやから!」

「面白いよねー。何かあの時飛行機に乗ってるみたいやった。何かわからへんけど、私の車の前だけスーッと空いてるんやもん……ねえ、あの時死んでたらカッコよかったよねー」

「何ゆうてんの。死んでたらこんなアホな遊びも出来へんって。生きててようございました」

他に車影のない中央大通りを抜け、シビックは十分ほどでニューオータニの地下駐車場へ滑り込みました。

二人ということで予約していたルームは、十五階のダブルルームでした。

雨が窓を激しく叩き、ふだんなら色鮮やかな街のイルミネーションはすでに消えていました。

「えー。せっかくニューオータニ来たのに、大阪城見えへんやんかいさ」ルームに入るとアケミは窓辺に駆け寄り、ガラスをこすりながら子供のように嘆きました。

「アハハ、アケミちゃん、いくらガラスこすっても何も見えへんて」

「残念やなあ!大阪城出て来い、大阪城……」

「それよりアケミちゃん、どこのテレクラから始める?ねえ!私ら看護婦とか学生とかに変身しようよ!ねえ、Kさん、ビール一本飲んでいい?」

僕が笑いながらうなずくと、ユカリは冷蔵庫から明るい緑の缶のハイネケンを取り出し、楽しげに鼻歌まじりで飲み始めました。飲みながらユカリは素敵なことを思い出したという口調でいいました。

「ちょっとKさん!アケミちゃん!ホテルの電話機ってさあ、親子電話になっててさあ、一台でしゃべってることが、他の電話でも盗み聞きできるやつちゃうん」

「うそー、おもしろいやん。試してみよ、試してみよ。聞いてて」

ルームには枕元と、丸テーブルの上と、そしてバスルームの壁掛け式の非常用の三台の電話がありました。アケミはいうが早いか兎のようにベッドに跳び込み、枕元の電話機から早速どこかへダイヤルしました。ユカリはビールを飲みながら、丸テーブルの上の受話器をとって早速耳にあてています。

「もしもし、チーフ?ウチ、アケミ。今どこに居てると思う?ニ・ユ・ー・オ・ー・タ・ニ。え?Kちゃんと一緒。ほんまやて。アハハ!ほなバイバイ!」

一方的にしゃべって電話を切ったアケミがユカリを振り返り、キラキラ光る少女のような瞳で尋ねます。

「どうやった?よう聞こえた?」

ユカリも、初めてホットケーキを裏返せた小学生のような無邪気な声をあげます。

「聞こえた!聞こえた!めちゃよお聞こえる!さあ始めよ始めよ!始めましょう」

僕が彼女たちとつき合ってこんな遊びをするのは、彼女たちが時としてこんなヴィヴィッドで綺麗な感情を見せてくれるからかも知れません。僕は、こんな無邪気なアケミとユカリが好きでした。

彼女たちはそれぞれシャネルとプラダのバッグからＰＲ用のポケットティッシュを取り出し、どこのテレクラに架けるか真剣に検討し始めました。僕はネクタイを緩め、スーツを椅子の背に掛け、ビールを取りに冷蔵庫に向かいました。嵌め込み式の冷蔵庫の収納ユニットの意匠は、並んで据えてある木製のサイドボードにコーディネイトされた、磨き抜かれた木目仕様でした。大型のサイドボードの上には洋酒のミニチュアボトルが数種類、トレイに並べて置かれていました。僕はいつもホテルの部屋に入ると、幼稚だと思いながらも、どうしてもミニチュアボトルの方に目が向いてしまうのです。それらを飲むことはありませんが、可愛らしいミニチュアボトルを眺めるのが大好きなのでした。この部屋にはヘネシーがありました。そして、レミー、バランタイン、ターキー、山崎、女のこの好きなシーバスリーガル。それらの後ろに遠慮がちに、死んだ僕の父親が大切に飲んでいたサントリーの角瓶が置いてありました。

白状すると、僕は角瓶を見るといつも切なくなってしまうのです。

大阪の下町のゴミゴミした飲み屋街の片隅で育った僕には、兎追いしあの山も小鮒釣りしかの川もありません。唯一、僕の胸を郷愁で切なくさせるのは、夕方、それが家へ帰る合図でもあった、近所のラブホテル街が色とりどりに美しく点灯し始める情景と、そしていつも決まって六時五分まえに帰宅していた、ヒラの公務員だった老いた父親が、まるで宝物のようにこの角瓶のストレートを嘗めている横顔の記憶なのでした。

「よっしゃ！ミナミ方面から始めよ！」

僕が下らない物思いに耽っているあいだに、どうやらテレクラの店の順番が決まったようでした。アケミは女性専用というフリーダイヤルのナンバーが書かれたポケットティッシュを持ってバスルームに入りながら、

「Kちゃん！そのテーブルの上の受話器で聞いといて！ユカリちゃんはベッドの受話器で。二人とも声出さんといてや」

と指示し、ユカリと僕がいわれたとおりの場所でスタンバイしていると、

「もしもし！もしもし！」

と、数秒後に呼出し音も聞こえないうちに相手の男の声がしました。

「あ。もしもし……」

　アケミが作り声でそういって可愛く返すと、

「こんばんわ！」

と、まっとうな挨拶をした相手の声は爽やかに若く、ごく普通の学生という印象です。

「あ。こんばんわ」

「学生ですか。ＯＬ？」

「専門学校です、バスガイドの」

　あまりにでまかせの答えにいきなり僕とユカリはぶっ飛びそうになり、ユカリは頬をふくらませ、必死で笑い声を殺しています。

「そっちは働いてる人？」「僕も学生。大学の三回。あんまり学校は行ってないけど。ねえ、年、聞いてもいい？」「うん。じゅうく」「女優とかタレントに似てるて言われる?」「たまーに○○に似てるて言われることある」「えー。可愛いやん」「全然。似てるてちょっとだけ。そっちは?」「たまに△△とか」「あ、タイプ。何かスポーツしてるの?」「大学でテニスのサークル入ってた。やめたけど。…どこから電話架けてんの?」「ウン?自分の部屋」「そうなんや。今独り?」「ウン。独り。親は旅行中」「ようテレクラに電話すんの?」「ううん。初めて……そうかて」(ちょっと間をためて低く甘く)「寂しかってんもん」「えー。何で?彼氏に振られたん?」「まあそんなとこ」「そうなんや。台風やし心細いやろ?なあ、今から会わへん?会お!お酒でも飲も」「どこに居てんの?」「ナンバや。君は?」「私、住吉区」「近いやん。クルマあるしすぐ行くわ。住吉のどこ?教えて」「センタイの交差点わかる?」「わかる、わかる」「そこのファミレスの『グリーンズ』で待ってるわ」「え?こんな晩に店開いてるの?」「ウン。開いてるよ。待ってるからすぐ来てよ」「よっしゃ!行く!行くから絶対おって。どんな格好してる?」「赤のタンクトップにオレンジのミニスカート。早よ来てよ」「十分で行く!絶対おってや」

……青年がせっぱつまった勢いで受話器を置くと、アケミがペロリと舌を出しながらバスルームから満足げに姿を現しました。

「大成功！Kちゃん、今頃このにいちゃん、嵐の中を飛び出してるわ。けっさく！」

まったく潔白な喜びに溢れたアケミの無垢な表情を見て、僕はあらためて永遠の真理を思い知らされました。すなわち、男という生き物は、そのスケベ心がある限り、懲りもせずに女をだまそうとし、結果としてだまされ続けるのです。考えてみると、ホステスという職業もまた、常に恋や愛をツールにしてビジネス戦略を組み立てているわけです。江戸時代に、大阪の遊郭で「だまします」と看板を掲げて商売していたのと同じく、現代の彼女たちも、それによって身すぎ世すぎをしているのです。ただし、それはいわば鮨屋のカウンターでおしぼりと指拭きを供するような、一種のサービスとしての「だまし」であり、お香の匂いが宗教心を喚起し、イニシエーションの小道具になるように、彼女たちの焚きしめた「嘘」の芳香によって、客は心地よく高揚し、またはくつろぐことができるのかも知れません。

アケミの曇りのない笑顔は、自然な説得力で僕にそんな思いを抱かせました。アケミはむろん、テレクラ青年を侮辱し傷つけることで喜びを感じているのではありません。男の身勝手な性欲ゲームにつき合い、ばかし合いの勝者になったことを喜んでいるのです。だました青年の顔を見てほくそ笑む意地悪さはないし、まして金品を巻き上げるつもりなどありません。ただ青年が彼女の誘いに興奮してテレクラを飛び出していった、そのこと自体に満足を覚えているにすぎないのでした。

アケミに刺激されたように今度はユカリがベッドに横たわり、枕元の電話を引き寄せながらいいました。

「アケミちゃん、今度は私架けるわ。どんな感じでやったらええ？思いっきりセクシーに迫ったろか？」

アケミはこれを聞いて、丸テーブルの前の籐椅子で笑い転げます。

「ユカリちゃん、酔うてる！ええ感じの酔いかたやん。思いっ切りテレフォンセックスしてみ」

「よおし！Kさん、聞いてて！」

ユカリはそういうと、横になったまま宣伝用のティッシュを見ながら勢いよくプッシュホンを押し始めました。

「もしもし！」

今度も呼び出し音が聞こえないほど瞬時に受話器がとられました。アケミは僕のもたれているソファの横にすわり直し、僕の持っている受話器に耳を近づけました。僕は受話器を耳から少し浮かせ、アケミと二人で聞くことができるようにしました。

「もしもしー」

「こんばんわ！」

「こんばんわー」

「凄い雨やね。どこから電話してるの？」

さっきの学生よりやや世慣れた感じの話し方のコントロールのきいたその抑揚は、若い営業マンといったところでしょうか。

「自分の部屋よ」

「独り?」

「ウン。ひ・と・り・よ」

「君、ひょっとして胸大きない?」

「え?どうして?」

「何か胸大きそうな声やから」

これがこの青年のいつものネタなのでしょうが、ユカリは細身の筋肉質の肢体でありながら胸は本当に大きかったので、僕とアケミはまた込み上げてくる笑いを我慢しなければなりませんでした。

「何でわかるの?」

「そうかて、受話器が胸にさわって、心臓の音が聞こえてるから」

「えー。うそー。じゃあ、この音はー?」

「何やろ?わからへん。教えて」

「胸の谷間に受話器を挟んだ音でしたー」

いいながらユカリは、僕たちを笑わせるために本当にそうやって見せます。アケミは噴き出しながら男のように親指を人指し指と中指の間に突っ込み、ユカリの方に掲げて見せます。ユカリは指でＯＫを作って応えます。

「じゃあ、今度は、私にもなんかＨな音聞かせて」

「えっ？」

相手はさすがにちょっと退いたような声を出しましたが、一瞬考えてから、よっしゃ、といい、ユカリの仕掛けに応じるように、わざと大きく音を立てて卑猥に何かを舐める演技を始めました。こうなって来ると、この先の展開が決まってしまった感じでした。僕はロックグラスに氷を追加してソファにもたれ込みました。ユカリに挑発され、しだいに息を荒くしていく受話器の向こうの若者とは反対に、僕はなぜか妙に健康的な、まるでピクニックでもしているような気分になっていました。アケミは僕の受話器にピッタリ耳を押しつけ、丸テーブルの上に形のいい美しい脚を乗せて綺麗な真紅のカンパリソーダを楽しんでいました。

「そおゆうたら俺、中学の林間学校の晩ちょうどこんな雰囲気やったような気がするなあ」

僕はふと思いついて、ひそひそ声でアケミにいいます。

「アハハ、ほな、これは枕投げみたいなもんか。こら、Kちゃん、中学生が何お酒飲んでるねん！」

「これは親父からくすねて来た角瓶、ゆうとこやな……」

そのとき、ベッドで肢体をくねらせるユカリの迫真の喘ぎ声と、幸運な若者の切なげな叫び声とがルームの窓に叩きつける雨音と入り交じり、嵐の夜の底に長く谺しました。


このニューオータニのエピソードは、それからしばらく「サラダ」での格好の語り草になり、僕たちを真似た暇な輩も何人か出たようでした。

あるスナックでは、「サラダ」はとうとう店を閉めてテレクラに変わり、常連たちはそのテレクラにハマッている、というまことしやかな噂が流れさえしました。もともと今回の遊びはマスターが僕を巻き込んだのだから、これも彼の身から出た錆というものでしょう。

「Kさん、聞きましたよ。粋な遊びしはったそうじゃないですか」

ある晩「サラダ」でたまたま隣り合せたギターの先生が僕の顔を見るなりさっそくそう冷やかして来ました。

「いったい何のことやろ？」

「またまたKさん、とぼけて。テレクラ大会のことですがな。あのアケミとユカリと一緒にしはったんでしょ、わしは二人ともよお知ってます、昔からね」

ギターの先生はいつものように「わしは何でもお見通しや」という眼差しで自分で自分の言葉にうなずきながらいいます。

「ここんとこもうその話で持ち切りですよ。始めはイチビっとったユカリが最後は本気でイッたとか、夜明け前に酔うたKさんがオカマの振りして自らテレクラに電話して五秒で切られたとか。ほんまにあほらしいやんちゃな遊びしまんなあ！」

「少なくとも僕の話は嘘やで！誰がそんな真似するかいな」

僕は思わず不自然に断固たる口調で否定してしまい、逆にわが身の恥を肯定するような格好になり、やはり隣りで独り飲んでいた顔見知りのホス

テスのユリコに、

「えーっ！Kちゃん、先生の話ほんまやの？」

と大声でからかわれる始末でした。

「ユリコ、気いつけな、Kさん、こう見えてけっこうスケベエなんやから」

「先生、要らんこといわんといてや。俺はプラトニッククラブの男なんやから」

ユリコは先生と僕の掛合いに腹を抱えてげらげらと笑っています。このユリコは新地の永楽町通りにある老舗のクラブホステスで、当時新地でも名の知れた売れっ子でした。小柄ではあるが均整のとれたグラマラスな肢体をしており、真っ白な餅肌と大きな乳房とめくれた上唇を武器にして店の上客を独占していました。この女の「新地ドリーム」に関しては、悪意に満ちた噂があちこちから耳に入っていました。いわゆる「特攻隊」といわれる、躯を張って商売するホステスで、同僚からは憎まれそねまれていました。クラブでの接客方法は、自分からはあまり喋らずに客のエロ話におっとりと相槌を打つというパターンなのでしたが、そのキャラクターはまるっきり作られた演技で、地のユリコはかなり早口の好戦的な女でした。

「Kさん、久し振りにわしの店に来ませんか。テレクラ大会の話、ゆっくり聞かせて下さいよ。ユリコも久し振りに唄を聞かせてえな」

ユリコの笑いがひとしきり治まったあとで、先生がふと思いついたように商売気を出してそう誘いかけました。先生は自分も「サラダ」の近くでナイトのスナックをやりながらあちこちのクラブに演奏に回るので、アルバイトのボーイを置いて留守番をさせているのでした。ユリコはカラオケではめったに唄いませんが先生の伴奏で唄うのは好きで、先生の誘いにすぐに乗り気になった様子でした。僕も久し振りにユリコの決して下手でない独特な唄い方を聞いてみたい気がし、話がまとまって立ち上がりかけると、

「こら、無茶すな！うちの客を自分の店に連れて行ってどうすんねん。営業妨害やんけ」

と「サラダ」のマスターはそういってぼやきながら自分もカウンターから飛び出し、手早く扉を開けて表に『準備中』の木札を掛けながら怒鳴ったのでした。

「待て！俺も行く。きょうはもう商売止めや！」

　先生の店は御堂筋にほど近い古ぼけたビルの三階にありました。午前二時を過ぎるとなぜかエレベーターが止まってしまい、今の時間では外部の鉄骨階段を上らなければなりませんでした。僕たちは一フロアごとに自分たちの馬鹿さ加減を後悔するような気分で登り、アルコールの充満した息を切らしながらようやく店に辿り着きました。扉を開けると客は一人もいず、美少年のボーイが独り所在なげにゲイ雑誌を読んでいました。狭い店内には喫茶店のようなボックスが四つあり、一隅にミニステージらしきものがしつらえてあって先生のご自慢のギターとドラムセットとが置いてあります。先生はその昔ヒットしたあるアニメの主題歌を唄っていたそうで、その方面ではけっこう名を馳せているらしいのです。この店にも芸能人がときどき飲みに来るらしく、店で写したポラロイド写真が壁一面に誇らしげに貼ってありました。

「Kさん、見て下さい。昨日こんな人が飲みに来たんですわ」

　店に入るなり先生はいつものようにさも大きな秘密を打ち明けるといっ

た顔で僕の耳もとでそうささやき、一枚の写真を指さして見せました。見るとそこには僕が中高校生の頃に一世を風靡したアイドルであった当時レイという芸名の歌手の、まだ紙質も新しいポラロイド写真が貼ってありました。レイはTシャツとGパンというくつろいだ姿でグラスを持ち、ｓｅｘｙな唇を半開きにぬめらせて酔い潰れる一歩まえという感じでした。全盛期に刺激的なコスチュームで踊っていた振付のポーズをとっていましたが、その崩れた感じは当時より数倍も猥褻な匂いがし、僕と「サラダ」のマスターは思わず鼻の下を伸ばして眺め入りました。

「何よこんなオバン。何スケベそうに見てんのよ！」

元アイドルの写真を興味深げに見ている僕たちの背中に、ユリコがすっかり臍を曲げた様子で腹立たしげな罵声を浴びせかけました。ユリコは男たちの注目を集めないでは我慢できない女で、自分のまえで違う女の話題が出ることは何より許せない屈辱なのです。

「Kちゃん。こんなオバンと私とどっちがええ女やと思てんの！こんなオバンのどこがええのよ！」

ユリコは自分の言葉に自分で煽られたようにわめき散らしました。ユリコは仕事場の外では底なしに飲み、しかも誰にでもからむタイプでした。「サラダ」のマスターはそれをよく承知しており、ユリコが店に来ると「酒乱が来たぞ。皆逃げる用意せえよ」といってからかったものです。ユリコは「サラダ」の常連でしたが他のホステスのように同輩と飲みに来ることもなければ客と来ることもありませんでした。いつも独りで「サラダ」で飲み、泥酔してボックスで眠っていました。

「先生。お酒ちょうだい！私はここではお客なんやからね」

すっかりご機嫌斜めになってしまったユリコはそのあともしつこく先生にからみ続け、初めのうちは適当にあしらっていた僕たちも、常にも増して執拗なユリコの酔態にしだいに業を煮やし始めました。

「ええかげんにせえ！帰れ！」

とうとう見かねた「サラダ」のマスターがそう一喝するとユリコはふてくされたように立ち上がり、そのまま酔った足取りでミニステージに上り、何を思ったか僕たちを睨み返しながら着ていたエメラルドグリーンのスーツを脱ぎ始めます。ユリコのいつもの不逞な酔いっぷりをよく知っている僕たちもこんなユリコを見るのは初めてでした。ユリコが人まえで肢体を晒すなど僕にはとうてい考えられませんでした。ユリコはユリコなりの高いプライドを持ち、ときに営業として躯を張りながらも、躯を張っていることを他人に指摘されるのを何よりくやしがる女でした。ユリコのスーツが床に落ちると、赤いシルクのキャミソールがスポットライトに照射されたユリコの肌の白さを浮きたたせて淫らに光りました。キャミソールの肩紐をずらすわざとらしい姿態や、ステージの上の装飾台の中にゆらめいている紅い蝋燭の炎に向けられた濡れた目は、いつものユリコとはまったく別人のようでした。ユリコはその装飾台から火のついたままのキャンドルを取り出し、赤い精液のようなロウを自分の真っ白な胸に垂らし始めました。ロウが静脈の透けた両方の乳房を愛撫するように左右に流れ広がり、露出した腋の下の直前で、女を焦らす男の舌のように固まって止まりました。ユリコは僕たちが視界に入らないかのように恍惚として目を閉じ、アルコールの高揚と異様な欲情に身を委ねていました。

「ごっついなあ、こんな酔い方なら大歓迎やな！」

マスターが興奮したダミ声で感に耐えたようにそうつぶやきます。

「怒り上戸が脱ぎ上戸に変わったで。今度から俺の店でもわざと怒らしたろか。先生、自分のステージやないか、上ってユリとまな板ショーでも見せてえな」

ところが不思議なことに、ユリコの真っ白な肢体からは写真のレイほどにも猥褻な匂いが伝わって来ず、それどころか、ユリコが卑猥な姿態を見せれば見せるほど、ユリコの肢体は浄化されて聖らかさを増していくかのように見えました。そのうちしだいにユリコの表情は今まで見せたこともないような穏やかさに変貌していきました。あの高慢なユリコが場末のストリッパーのような恥態を繰り広げているのに、僕たちには少しも劣情が起こらないのでした。

「不思議ですなあ！なんかユリコが女神みたいに見えて来ましたで」

「……今まで無理してたんや、ユリコは」

ギターの先生の嘆息に呼応するように、マスターが醒めた低い声で答えました。

「ずっと肩肘張って突っ張ってたからなあ。それがキレていつも暴れてたんや。なあKちゃん、そう思わへんか?」

そのとき、僕はなぜかわかりませんが、死んだ僕の父親のことをふいに思い起し、父親が仏壇に向かって独特な哀感をもってときおり読経していた「色即是空、空即是色」という般若心経の一節が耳なりのように蘇りました。まるでこの経文が今のユリコを表現するために存在していたような言葉のデジャブが、僕の意識をとらえたのです。

「色即是空やな」

僕は呆けたようにそう呟いたのですが、当然ながら僕の勝手な感慨はマスターたちには伝わらなかったでしょう。

ユリコの聖なる儀式はそれからも延々と続き、ある瞬間に突然、まるでエクスタシーを迎えたようにしゃがみ込んで動かなくなりました。僕たちは一瞬顔を見合せたまま、顔を伏せて肩を小刻みに震わせているユリコを扱いかねてただ見守っていました。しばらくしてマスターが舌打ちをして立ち上がるとステージに登り、ユリコの肩からスーツをかけてやりながら阿呆な娘にいうように穏やかにささやきました。

「ユリコ、無理すんな。おまえはええ奴や。俺は知ってるで」

ユリコはその言葉を聞くと顔を覆い、マスターに抱き着き、堰を切ったように声をあげて泣き始めました。それからマスターは僕たちに会釈すると、ホステスとしての顔を取り外していたいけな少女に戻ったようなユリコを送っていき、あとには興醒め顔の僕と先生が店に残されました。しかし、もちろん僕たちはもうテレクラの話題をする気分でもなく、僕はユリコに比べて自分がいかにも救いようのない軽薄な人間のような気がし、二日酔いの予感を確信しながら鬱々として杯を重ねるしかなかったのです。

それから十日ほど経ったある日、ユリコから僕に、会社宛に一通の封筒が届きました。

「Kさん、このまえはごめんなさい。新地を上がりました。その節はいろいろお世話になりました。Kさんもあまりお酒を飲み過ぎないようにして下さいね。かしこ」

後日「サラダ」のマスターに聞いたところでは、ユリコはあの翌日にクラブを辞めたということでした。僕は苦笑しながら、けっきょくテレクラ大会のせいで売れっ子ホステスを独り減らす羽目になったと思い、これからどう生きていくのかわからないユリコの将来を、ひそかに祝福したのです。

年の瀬の慌ただしい足音が聞えるようになったある金曜日、僕は得意先と仕事がらみで食事をし、そのあと久し振りに新地で接待しました。カラオケの唄えるラウンジを二軒ほど廻り、すっかりご機嫌になった得意先にお土産の蒲鉾を持たせ、タクシーに乗せて見送ってから新地本通りを独り歩いていると、後ろからバタバタと追いかけて来る派手な足音がし、振り返った途端、僕はユカリに腕を掴まれていました。

「Kさん見っけ!ひっさしぶりっ!」

ユカリはかなり酔っており、オレンジのヒールの足もとも危なっかしい様子でした。

「ねえ、寄ってよ。十二月になったゆうのに、メッチャ暇やねん」

ユカリの勤めている店にも長いあいだ顔を出していないと思うと、僕は少しばかり寄ってもいい気になりました。そこそこ飲んではいたものの、接待酒でやはり心底くつろいではいなかったのでした。本通りのまん中にあるそのクラブの前には、ロングのコートを着た黒服が立っており、うさん臭い作り笑顔で客を引いていました。彼らはいちげんの通行人を引くのではなく、通りをいく馴染み客を目ざとく見つけて店に引っ張り込むのが仕事でした。客にすれば、新地を歩いていて黒服に愛想をいわれるのも一つのステイタスというわけなのかも知れません。誰が始めた習慣かは知りませんが、客の自尊心をくすぐる効果がけっこうあるらしく、自分からわざわざ黒服に近づいて挨拶したり、自分が新地では通だということを連れに誇示しているオヤジも少なくありませんでした。もっとも声をかけられるのをきらう客もおりますから、客の嗜好を知っていなければ逆効果で、会社の上役と一緒に歩いていたときに黒服に声をかけられ、べんちゃらの三つも浴びせられて、それ以来その店に行かなくなったという、黒服にすれば笑えない失敗談も聞きました。

さて、僕はといえば、ユカリに腕を取られているのだから否も応もありません。まだ若いロンゲの黒服は、掴まりましたね、という顔をして僕を見ながら、

「いらっしゃいませ、お久し振りです」

といい、すばやくエレベーターを開けて僕の鞄を奪い取りました。

ユカリの言に相違して、広い店内は賑わっていました。この時期に暇なはずはなく、それは僕も予想していたことでした。ユカリが愚痴ったのは、たまたま自分の担当の客が来ていないので自分は暇だという意味なのでした。

「Kさん、来てくれてよかった。ありがと！」

ボックスに座ると、ユカリは肢体を僕にぴったりとつけて指をからめて来ます。躯を触わるスケベエな客の手を押さえるためにホステスがこんな仕草をする技術もありますが、これはそうではなく、実は酔い過ぎたユカリが僕にもたれて休憩しているのです。昨日今日のホステスではなかなか

できない芸当で、またユカリは僕がそれを知っていることも承知しています。ユカリは頭のいい有能なホステスで、僕が得意先を連れて来たときにはうまく空気を読み、すばやく気の利いたホステスたちを配置し、おしぼりや氷のサービスにも人一倍注意を払い、得意先をたてながら絶妙の間合いで話題をリードして座を盛り上げてくれます。プロとはいいながらそのノウハウは大したもので、ユカリの接客は一見ナチュラルでいながら、その実緻密に計算されていました。始めに数種類の話題を出し、客の興味のある分野を素早く探り当てる嗅覚や、客の自慢話（同僚や上役に比べて自分がいかに優秀かということや、または人脈の自慢。この島国の人間は、特に人脈に重きを置き、自分があの○○を知っているというようなことを不思議なほど自慢するものです）を好奇心溢れる表情で聞きいる技術は、ユリコなどとは比べものになりませんでした。

他方でユカリは、僕が独りで来るときにはこうして力を抜き、ホステスの会話のパターンを採らず、ポツポツと自分の近況や共通の知り合いの話をしたりもします。その使い分けが僕には好ましく、僕もそんなときはユカリに「まあ、ゆっくり休憩しときいな」というのでした。クラブを接待で利用する立場からいうと、ホステスは僕におべっかを使うより得意先を上手く喜ばせてくれなければなりません。その点ユカリの接客はまことに理に適っているというべきでした。しかし今夜のユカリはいつになく疲れているように見受られました。

「Kさん、ごめん、無理に引っ張って」

急にそんな殊勝なことをいい出すので、僕は茶化して切り返します。

「ほんまや。まあたいがいこの店は無理やり引っ張られて来るんやけどな」

「今月はノルマ厳しいねん。助けて」

いいながらユカリがいきなり鼻をすすり上げたので、僕は内心少々狼狽します。

「どないしてん。俺が泣かしてるみたいやないか。どこか具合でも悪いんか」

「Kさん、Kさんはお客さんなんやけどね、それはわかってるんやけど、ふだんは何かKさんて何か友達みたいな感じなのよ。それが、こうやって追いかけて店に引っ張り込むって、やっぱりお客とホステスやってんって、そういうことを時々自分で思い知らされて情けななるねん」

ユカリは童女のような泣き顔になっていいます。

「ノルマ厳しいから助けてって、他のお客さんやったら抵抗なしにゆうてるのに、Kさんにゆうた途端、めちゃ恥ずかしなってん。ああ、何かめちゃみじめな気分」

ユカリのいうとおり、どんなに親しくなっても、客である僕とホステスたちとのあいだには金を払う側と受ける側という溝が厳然として存在しています。それはときには気分によって大きな溝になることがあります。しかも僕の勤める商社のように商品が介在する商取引と異なって、ホステスは目に見えない気分を売る商売なので、どこからどこまでが加工済の商品なのか、そしてどこからどこまでが加工前の素材なのか、その境目がかなり漠然としてもいます。

例えば店のしまう時間になり、あるいはホステスのあがる時間になって、そのまま客とホステスが飲み直しに行ったりします。さらにそこからホテルへ行き、情事が終ったあとで恋人のように軽くキスしたりします。その行為のどこからどこまでが商品なのか、ユリコのようにそれを営業として行うホステスは別として、ホステス自身にもはっきりわからない場合があるでしょう。けっきょく水商売というものは、こうして営業と本音とが競争するアキレスと亀のようなものかも知れず、そしてそれは人生自体がそうなのかも知れません。

「Kさん、待ってて、あと十分。私きょうは十一時あがりやから」

僕がそんなとりとめもないことを思っていると、ユカリが周りに気づかれないようにハンカチを目にあてながら、僕の耳にそうささやきかけます。僕がけげんそうな目を向けると、ユカリは潤んだ目で僕を見ています。

「お腹空かへん？焼肉食べにいこ！きょうは私奢るから！」

僕は腹の底から暖かい笑いがこみ上げて来ます。途端に営業か本音かという選択自体が無意味なものに思われ、このあやふやな人生という舞台はただ「好き」と「きらい」とだけで構成されているようにも見え、「サラダ」のマスターのいう「客やから寝るんか、惚れてるから寝るんかは大して変わりはない」世界観はこの感じなのかも知れないと気づいたりします。

ユカリのお気に入りの焼肉屋は、新地の南外れにひっそりと佇んでいました。この店はいつもテレビがつけっ放しにしてあり、それが常にその時間帯のポピュラーな番組を映し出していました。七時のニュース、サンテレビの阪神のナイター、はぐれ刑事純情派、ニュースステーション、大相撲ダイジェスト……誰がいちいちチャンネルを切り替えるのか、大多数の大阪人がとりあえず見たいと思う番組が絶妙な選局で採用されています。

ユカリと僕が座ったときには、金曜深夜の定番である探偵ナイトスクープが始まっていました。極端な寂しがり屋を自負する僕にとって、いつも見る番組が流れている空間というのは心休まるものがあります。見るとはなし聞くとはなしに飲み食いしていても、どことなく居間にいるようなくつろいだ気分になって心強くもあります。

「きょうは遅いわね」

毛皮のコートを脱ぎながら、ユカリが少女のように無防備な笑顔を見せていいます。

「何が？」

「ナイトスクープの始まるのが。今始まったとこみたいやわ」

「いつも見るんか？」

「もちろん見てます、ビデオに録って。大阪人ならみな見てる」

とりあえず塩タンを肴にビールで乾杯します。この店の紙のように薄いタンはまさに絶品でした。

「Kさん、わたしこないだデートしたと思う？」

幸福そうに肉を食べながら、さっきの涙と別人のようにユカリがはしゃいでいいます。今泣いた烏がなんとやら。僕もやむを得ず適当に合わせます。

「したと思う」

「そやねん。それも去年結婚の一歩手前まで行ったあのマザコンくんと」

「え、まだつき合おてるんか。もうとっくに別れてたやないか」

「そう。それがこないだ電話かかって来てね、湯豆腐食べに行ったの。京都に」

「へえ。それでどうした」

「別に何もないよ。もう全然好きでもないし。湯豆腐食べただけ」

「Hしたか」

「もちろんしてない」

「チューしたか」

「それはした。可哀相やったから。ハハハハ。でももう会わへんわ」

「そうか」

「でも誰かと結婚したなった。いややわ、ホステスなんかいつまでもやってるの。何がどうなんか、わからへんようになって来る」

　僕は自分がその当事者でなかったことを心から感謝しました。京大の講師をしているというその青年は、女の出処進退が男に理解できないメカニズムになっていることを能く理解し、前向きにこれからの人生勉強と成し得たでしょうか。ユカリはどんなときもユカリであって、美しい意味でも残酷な意味でも、その純粋さがユカリたる所以でした。

　ふと窓の外を見ると、いつのまにか暖かそうな初雪が優しくちらついていました。

その年は長期予報が外れて比較的暖かな歳末になっていました。僕は十一月の終りにジュンコから新規開店の案内が届いていたことをふと思い出しました。そこには末尾に達筆で「やっとお店持てました。夏以来ですね。お元気でいらっしゃいますでしょうか。今年のうちに再会できますよう」と記してありました。いつか「サラダ」で見かけた脂ぎった男の顔がちらりと浮かびましたが、ジュンコはジュンコの戦いを戦っているのだという気がし、「今年のうちに」という言葉に引かれるように、僕はユカリと別れた後でふと立ち寄ってみる気になりました。

ジュンコの店は、「サラダ」の斜め向いのビルの五階でした。そこは「サラダ」のビル以上に古ぼけた建物で、一階にはテイクアウトのおにぎり屋が入っていました。よく知られたそのおにぎり屋は十種類以上の具を塗りの一合升に入れてカウンターに並べ、目の前で握り寿司ほどの大きさに握ってくれる、酔い醒めには嬉しい店でした。不思議な魅力のマスターが、鮭やしじみの佃煮を、寿司のように上に載せることはせず、ぎゅっと中に押し込むのを見ていると、なぜかわくわくし面白い感じがし、食欲をそそられました。

小さなエレベーターで五階に上り、一番奥の落ち着いたモスグリーンの扉を開けると、懐かしいジュンコの笑顔が振り向きました。その途端僕は脂ぎったオヤジのことも忘れ、あれから半年も経っていないのに、まるで昔馴染みに会ったかのようにしみじみジュンコとの情事を思い出しました。

「Kさん、来てくれはったん。嬉しいわ」

「ええ店やんか、一人でふらっと来れる感じで。『サラダ』にも近いし、僕は便利や」

「『サラダ』のマスターにはすごいお世話になったのよ」

聞けば、場所探しから周旋屋との値段の交渉まで全部「サラダ」のマスターが助けてくれたとのこと。場所が近いのも、そういうわけがあるのかも知れません。しかしどう考えてもジュンコと「サラダ」のマスターとの間に、男とオンナの関係があることは想像できませんでした。

ジュンコは、きょうはオンナノコが休んでいるので自分一人だといいました。ふだんは「サラダ」で知り合ったそのオンナノコを雇い、二人でやっているとのことでした。オンナノコは昼間外資系のコンピュータ会社のＯＬをしており、バイトで火水木金と来てくれる、明るくて楽しくて、酔うと岡山弁が出てそれも可愛いと評判なのだ、と、ジュンコは嬉しそうに笑います。

「でも遅い時間に一人になると怖いのよ」

新地ではあまり聞きませんが、場末のあちこちのスナックで強盗があったりママが襲われるといった物騒な事件が立て続けに起った年でした。恐慌に落ち込んでいくこの国の不安感を暗示するような、殺伐とした世相になりつつあったのでしょう。バブルの絶頂には足繁くこの街に通ったサラリーマンの大部分はひっそりと鳴りをひそめ、僕のような人生を捨てた変り者の少数派がぼんやりとした不安を忘れるためにやけくそで飲み歩いていたのでした。

時間は晩く、客は僕だけでした。ジュンコはくつろいだ様子でカウンターから出て来て、僕の隣に座ってかなり飲んでいました。

「ねえ、Ｋさん、いっぱい借金してお店持ったのよ。ひとにお金出して貰うのいややったし。でもこれからどうなるんやろとか思たら心配で心配で寝られへんことがあるわ」

「これからどうなるんかは考えてもわからへん。考えてわかるんやったら、とっくにそうしてる」

「ほんと。考えてもわからへんことは、考えてもしかたないわね。ああおかし」

ジュンコはそういって笑いました。始末の悪いことに、やはりこの女は酔うにつれて美しくなっていくのでした。

「Kさん。お酒飲んでるときて、こんな感じせえへん?どおゆうたらええんかなあ、つまり、人生てそんなにややこしなかったんやなあ、案外簡単なもんやったんやなあってふっと楽になるような感じ。なんか未来が急にパッと明るなるような感じ。わかる?」

ジュンコは焼酎を生(き)で飲みながらからみつくように僕を見ています。

「俺は不安になる。かえって」

「あら、不思議。どうして?」

ジュンコは僕が逆らうのを楽しんでいるように聞き返します。

「『待てよ、何か大事な問題があったのに俺忘れてるんちゃうか、人生てこんなに簡単なはずがない』と思う、酔おたら。漠然とした不安を感じるね」

ジュンコは笑っていいます。

「オンナはそんなこと思わへんわ」

「そう？やっぱり」

「そおよ。そやかてオンナは、男の人みたいにわざわざ自分からごたごたを探しに行く趣味はないもの。男の人ってごたごたと戦う自分が好きなんでしょ？テレビのコマーシャルでもあるやない。二十四時間戦えますかって。Kさん。今から、た・た・か・え・る？」

ジュンコは挑発するように僕の耳もとにそうささやきました。こうして僕たちはやっぱり情事へともつれ込んだのでした。

シルクの黒のキャミソールとランジェリーがホテルの革張りのソファの背にかけられ、そのまえに真っ白な長い脚を組んだジュンコの意志的な肢体がありました。初夏の須磨の朝でもそうであったように、情事の一瞬まえにジュンコは挑むような表情を見せました。身に纏うものをすべて脱ぎ去ったジュンコは、それ以上の全裸の心を晒け出し、一瞬一瞬に色を変えていきながら、あらゆる官能を舐め尽くそうとしました。燃える紅い舌をチロチロさせて獲物を締めつける白い大蛇から、次の瞬間には岸壁に叩きつける激しい津波へと、さらにはあらゆる樹木をなぎ倒す重戦闘機へと変化し、鞭のようにしなやかな肢体と巧妙な唇とで僕に襲いかかり、吸い尽くし、制圧しました。人が皆何らかの形で攻撃本能を持っているなら、ジュンコのその本能はもっぱら情事に向けて集約されているかのようでした。

まるで魂をすべて剥き出しにしたような切ないまでに激しい情事が終り、絶頂を迎えた余韻にひたるジュンコは、情事の前にも増して優しい表情で静かにベッドに横たわっていました。まったりとした時間の流れのあとで、彼女は僕にほほ笑みかけてささやきました。

「Kさん、ありがとう」

それは二人で共有した情事の時間に対して述べられた謝辞でした。こんな台詞を口にすることの出来る女がいるということは、僕にはちょっとした衝撃でした。それは大人の女から大人の男への、最も上質で意義深い謝意の表現であるような気がしました。その一言のためにはひととおりでない精神キャリアを必要とされる、珠玉の言葉でした。

ふいに僕はこれまでベッドの中でジュンコのこの言葉を聞いたかも知れぬ見知らぬ男たちに対し、ほろ苦いジェラシーを覚えました。これまでジュンコは何人の男と共に高まりを迎え、その中にはどんなエロチックな情事があったのか、ジュンコはもっと異なった肉体の色彩を顕し、もっと激しい歓喜の喘ぎをあげたのか、そんな思いが僕をさいなみました。僕は若い頃から、人一倍強い嫉妬の情のために最も苦しみ、消耗し、またそれゆえに相手をも傷つけて来たのでしたが、それを実に十年振りに味わったのでした。

翌朝は気の遠くなるような青空でした。ホテルのルームの窓からは大阪城が目のまえに望めました。昨夜は街のイルミネーションのひとつに過ぎなかった大阪城が、今朝は青空を背に不思議な威圧感をもって聳えたっていました。まるで大阪の統治者が現在もそこにいて、街を悠然と見下ろしているような気がしました。

僕たちは食事をせず、フロントで別れることにしました。ジュンコはロビーでミンクファーロングコートに手を通しながら僕の耳もとに口を寄せ、じゃれるようにいいました。

「Kさん、好きよ」

それは本音なのか、それとも営業なのか、はたまた友情なのか、僕はやはりわからずじまいでした。あの夜「サラダ」で会ったオヤジも、ジュンコにこういわれて有頂天になったのでしょうか。何が本当かわかりませんでした。ただ、次に会うときっとまた情事してしまうだろうと予感させる、媚を含んだ艶っぽい笑顔が僕の目のまえにあることは確かでした。ジュンコのその美しい顔と誘惑的な肢体だけが真実でした。そのときすでに僕は、もう二度とジュンコには会うまいと決心していたのです。

「また年が明けたら店に顔出すよ。よいお年を！」

僕は若干無理して笑い、そう嘘をつきました。ジュンコはその響きに何かを感じとったように少しばかり寂しげな微笑を浮べ、軽く手を振りました。

淡々と年が明けました。

仕事始めの日に、きょうあたり「サラダ」に顔を出してマスターにジュンコと再会した話をしてやろうと思っていた矢先、馴染みの割烹の板長をしている青年から会社に電話がありました。彼も「サラダ」の常連で、さしずめマスターの弟分というところでした。

「奇遇やなあ。これから新地へ顔出そと思てたとこや」

僕はいつものように青年の陽気な笑い声が返ってくるものと期待していましたが、受話器の向こうには妙な沈黙がありました。

「どうした？聞こえてるか？」

「『サラダ』のマスターが、さっき亡くなりました。明日七時から新地の近所のS公民館で通夜がありますんで、もしお時間がありましたら、線香一本、手向けたって下さい」

感情を必死に押し殺した沈痛な声で、青年は一気にそう告げました。僕は受話器を握ったまま、しばらく呆けたようにじっとしていました。青年の言葉の意味が理解出来ませんでした。僕の目のまえを、さまざまな「サラダ」の思い出が次々とよぎっていきました。この知らせも含めて、今までの人生が全部テレビのドラマだったような気がしました。

「ほんまか！」

「……ほんまです」

「あの店がなくなったら、これからどこへいったらええねん」

僕が思わずそう泣き声を上げると、

「俺もです」

板長はブッキラ棒にそういい、涙声になるのを惧れるように自分から電話を切ってしまいました。

それから夢うつつの一日が過ぎ、次の夜会社が退けると、僕は急いで板長に電話で教えてもらった小さな公民館に向かいました。僕が着いたときには、すでにいつも「サラダ」で会う馴染みの顔が揃い、読経が始まっていました。その中にはギターの先生やジュンコ、ユカリやアケミの顔も見えます。誰もが喪服を着ていることをのぞいては、いつもの楽しい賑やかな夜とまるで同じなのでした。

「Kちゃん」

　僕が近づくとアケミがいつものように目ざとく僕を見つけ、いつものハスキーな声で僕を呼びました。ただ今夜は涙でかすれ、それは声にはなりませんでした。それでもアケミは無理やり笑顔を作り、懸命にこんな冗談口を叩くのでした。

「めっちゃおもろいで。マスターさあ、まるで死んだ振りしてるみたいやねん。顔見たって。そのうち堪(こら)え切れんと笑い出しよるで！」

「Kさん、『サラダ』のお店に残ってたボトル、私キープしといたから、また一緒に飲みましょうよう！」

　ユカリもおどけてそういい、アケミと顔を見合わせて無理に笑おうとしました。しかしそれは出来ませんでした。突然彼女たちの顔は大きく歪み、二人とも路端にしゃがみ込んで激しく嗚咽し始めたのでした。

「今夜はお祭りやな。パーッといきますか」

そんな声に振り返ると、ギターの先生でした。彼は上着のポケットからリザーブのポケット瓶を取り出し、グッと煽っていいます。

「飲まなやってられへん、ちゅうねん。Kさん、マスターはわしと同い年でしたんや。そやけど、これで向うは永遠に五十前っちゅうことですわ。羨ましい限りですわ。ほら、あしこであんなふざけたことやってま」

ギターの先生はそういって、酒のためか悲しみのせいでか震える指で祭壇を指しました。そこにはマスターの遺影が飾ってありました。カウンターの中にいる営業中のバストショットで、こちらを向いてVサインを出している写真でした。笑っていました。僕はその写真を見ながら、マスターとのいろんな場面をフラッシュバックのように思い出していました。どの挿話を思い返してみても、本当に温かな男でした。僕が今まで虚飾と虚栄に満ちたこの夜の街で、いろいろな種族の人間のピュアな優しさを垣間見ることが出来たのは、マスターの持っていた天性の温かさのおかげでした。マスターの産み出した磁界の中に皆が魅き込まれ、オアシスのような不思議な空間を創っていたのでした。弱虫のホステスも、哀しいオカマも、照れ屋のヤクザも、臆病な詐欺師も、「サラダ」の中ではなぜか無防備な裸の自分を見せていました。それなのに、その愛すべき「サラダ」はもうないのです。砂漠の蜃気楼のように、突如として跡形もなく消え失せてしまったのです。

「マスターのど阿呆！これからウチ、どこに帰ったらええっちゅうねん！この阿呆んだら！」

どこかのラウンジのママらしい和服のオンナが僕の前で焼香しながらそういってすすり泣いていました。彼女のいう通り、僕たちは皆帰る場所を失ったのでした。これから、皆、どこへ帰るのでしょう。ジュンコも、ユカリも、アケミも、そしてあのユリコも！

僕はマスターの遺影を見ているうちに、いつかの夜のユリコのように何かが突き抜けて空になった感じがし、ふっと心が軽くなりました。そして、しだいに澄み切っていく心の底に人生の空しさがしみじみと染み込んでいくような気がしました。今まで僕の経験したことのない不思議な、また静かな気分でした。

焼香の順番が回ってきたとき、僕はあらためてマスターに感謝しながら、まるで死んだのは冗談だというように悪戯っぽく笑っている遺影に手を合せ、あの世での飲み代の手つけとして、いつもどおりの五千円札をそっと袱紗に包みました。

「おおきに。マスターのおかげで、またちょっと、大人になったような気がするで」

僕は口の中でそうつぶやき、蹌踉として、懐かしい仲間たちをあとにしました。

新地の雨

「とうとう降り出しよった！やっぱり、まだ梅雨明けしてないんやな」

店に駆け込んで来た元レコード歌手の常連客が、派手なハンカチで派手な縦縞のスーツを拭きながらそういった。僕はそれを聞いていっそう気分が落ち込み、この穴蔵のような店の中から外に出るのがますます億劫になった。さっきから、僕がホステスを連れずに独り呑んで居るのに気を遣ったマスターが、いつになく何かれとなく話しかけて来る。それが僕には有難くもあり、また同時に煩わしくもあった。

カウンターの上には、いつものバーボンの水割りが置いてあり、つきだしに海老煎餅が五枚とラムネが三個、同じ小皿に無造作に盛ってある。僕はどちらかというと、気を利かせておひたしや酒盗や一品をいろいろ出してくれる店より、乾き物を菓子袋から破ってそのまま出すというような店の方があっさりしていて好ましかった。何もオールナイトのスナックに飯を食いに来ているわけじゃない。それより何となく独りで居辛い寂しい夜を、どうにかごまかして朝までもっていければそれでいいのだった。たまには自分のオンナが隣に居ることもあったし、ここで知り合ったオンナとスツールを一つ隔てて喋ることもある。また時には酒に溺れ、オンナに振られたと愚痴りマスターに慰められる夜だってある。そんな、その時々の気分を肴にして、僕はよく朝まで飲んだ。

「Kちゃん、今日はえらい大人しいなあ」

マスターが今夜何回目かに執拗くそう冷かし、

「ユカリ、後で来るんちゃうか」

と僕とよく一緒に飲みに来るホステスの名を、お愛想めかしていう。

「来おへんて。今日は連絡してないんやから」

「いや、それでもよ、今日あたりユカリ、店終ったら飲みに来るんちゃうか。金曜日やろ、たいてい来よるって」

マスターは頼んでもいないのに、僕を元気づけようとして、グラスを洗いながらそう請け合う。そんな時、僕はこのマスターを本当に優しい男だと思い、心底マスターのことを好きになるのだった。

店の扉が開き、なじみの男の顔が覗いた。

「マスター、先週の有田はどやった?未だちょっと早かったやろ」

　男はマスターにそう呼びかけながら入って来る。油に塗れた白衣を着、白い長靴を履いた痩せぎすの五十がらみのこの男は、斜め向いの雑居ビルにある終夜営業のラーメン屋の大将で、マスターの釣り仲間なのだった。大将はいつも今ぐらいの時間、つまり十二時すぎにこうしてふと入って来て、マスターと最近の釣果について自慢し合い、また是非今度いこうと約束し、大人しく自分の店に帰っていく。それがこの男の何よりの楽しみのようだった。

「マスター、今度釣りにいく時は、ウチも連れてってくれん？」

　二人が夢中で釣りの話しをしているのを、煙草の煙りの淀んだカウンターの一番端で聞いていた二十七、八のオンナの客が、そういって口を挟んだ。ボリュームの多い赤い髪をいかにもホステス風に巻き上げた今時珍しいほど化粧の濃いオンナで、ハスキーなかすれ声の言葉の端には何処かの訛が残っていた。決して不器量なオンナではなく、それどころかかなりの美形といっていいほどだったが、ただ勿体ないことに気後れしたような雰囲気がその美しさをくすませているという感じだった。僕がさっきから、何となく気になっていたオンナだった。

「何や、レイカ。おまえ、釣りが好きやったんか」

マスターとラーメン屋の大将とが、意外そうにオンナを振り返る。オンナは今の言葉は無意識に知らぬ間にいってしまっていた、というように照れて笑って、

「ウチ、田舎におる頃ようけいったん。休みの日、どうせやることないから、一緒に釣りに連れてって欲しいな」

と言い訳するようにいう。それを聞いたラーメン屋の大将は味方を見つけたというようにギョロ目を細め、血色の悪い顔をほころばせ息を弾ませていった。

「よっしゃ。ええで。一緒にいこ。わしら、いつもね、金曜日の晩に仕事終ってから、土曜の朝早うに出かけるねん。新地のモータープール出発して、だんだん新地離れて、だんだん田舎の景色になっていって」

大将はいったん言葉を切り、ぐすっと鼻を鳴らして続ける。

「海が見えて来たら、そら気持ちよろしいで。わしら、ふだんラーメンゆ

がいてるだけのしょぼい人生やけどね、この時ばっかりは心からスカッとしま」

「ええわねえ。絶対連れてってて。約束よ」

　オンナは疲れた顔に力のない笑みを浮かべ、薄荷煙草の煙りを薄く吐き出していった。しかし恐らくこのオンナがラーメン屋たちと一緒に釣りにいくことはないだろう、と僕は彼らの会話を聞きながら思う。

　酔いのせいで、周りの人間が気のおけない仲間であるかのように錯覚してしまうことがある。ゆきずりの人間を慕わしく思うのは、孤独で疲れている証拠だということを、僕は経験的に知っていた。このオンナもきっと寂しい人間なのに違いない。翌朝酔いが覚めるとオンナはやはり独りぼっちで、ラーメン屋たちはまったくいきずりの他人に戻っているだろう。もっとも僕も似たようなもので、やはり孤独をまぎらわすためにこうして飲んでいるのだ。敵意と偽りに満ちたこんな寒々しい時代では、人間は誰しも皆孤独であることに変わりはない。

　ふと気づいたようにマスターが僕の方に向き直って尋ねる。

「Kちゃん。レイカは初めてやったかなあ」

根っから人間好きでサービス精神のしみついたマスターは、自分の店で独りで飲んでいる男とオンナを互いに紹介し、話し相手を作ってやるのが好きなのだった。もっともそれはマスターがどちらも肌合いが適うだろうと査定した場合に限られており、たいていその読みは正解だった。

「レイカは上通りの小さいラウンジに勤めてるねん、非常勤（ヘルプ）やけどな。店が終ったらよう独りで飲みに来よる。仕事が終って晩酌しに来るっちゅうわけや」

マスターはそれから、レイカというこのオンナに僕のことも紹介した。

「レイカ、顔は知ってるやろ。この店の常連で、時々朝まで飲んでる堅気の商社マンのKちゃん。こう見えてもS商事やねんで。すぐオンナに惚れるのが欠点やけどな」

僕の勤めている会社は、誰もが知っている大阪本社の大手商社だった。僕はいつもマスターが会社の名をいって僕を紹介するたび、それはまるで他人のことをいわれているような不思議な気がした。レイカは疲れたよう

な優しい微笑みを浮べて僕に軽く会釈し、

「前にも、何回かここでお会いしてますよね」

と意外なことをいう。僕はまったく記憶になかったが、話しを合わせ、

「ええ。僕も、前から別嬪さんやと思て見てた」

とお愛想をいった。レイカは僕の軽口に初めて声を出して笑い、その表情から少し憂いの色が薄れ、そうすると何かのんびりしたいい顔になる。ちょっと風吹ジュンに似ている、と僕は昔好きだったタレントを思い出した。夜はすでに深みに落ち込み、僕はさっきからじゅうぶん疲れていたが、レイカの寂しそうな笑顔を見ていると、ふとこのオンナと人生の気分が適ったような気がし、少しばかり嬉しくなった。

「降って来たみたいですね」

レイカは歌うような不思議な口調で、呟くようにいう。

「雨の晩の酒はええね。マスターは優しいから、閉店やゆうて雨の中へ追い出される心配はないやろ。安心してゆっくり飲も」

「おいKちゃん、無茶ゆうな。ここにも閉店時間はあるわい。頼むからえ

え加減の頃合で帰ってや。俺もいつまでもKちゃんの相手しとられへんねん」

マスターがお約束のように割って入り、レイカと僕は顔を見合せてもう一回笑う。それでレイカの口が少しほぐれたように見えた。

「Kさんはずっと大阪ですか？」

レイカは焼酎の水割りを飲みながら、僕にそう尋ねる。二人の席はスツール二つ分開いており、こんなとりとめのない話しをするにはほどよい距離だった。僕はどぎつい化粧の奥に純朴なレイカの心根を見、何か月ぶりかで優しい気持ちになった。

「そう、桜宮ゆうて造幣局の桜の通り抜けが有名な処でね。僕はそこのラブホテル街の真ん中の貧民窟（スラム）みたいな処で育ったんです。今はないけどね」

「へえ…」

「七月の天神祭りの時には、大きい打上げ花火がうちの便所の格子窓から真正面に見えるんやけど、小さい頃、その花火が怖あてね。ようおしっこしながら泣いてた」

「フフ、可愛いね」

「レイカさんは何処？言葉は大阪やないみたいやね」

「私は、岡山です。倉敷てゆう処なの」

「倉敷か、ええ処やな。大阪はいつから？」

「私、八年前に岡山の専門学校出て、大阪のコンピュータ関係の会社に就職して出て来たんです。今も昼間、Ａシステム電機てゆうコンピュータプログラムの会社で働いてるんですけど」

レイカはグラスをいじりながらそういう。その喋り方があまりに無作為で率直なので、僕はこれでホステスが勤まっているのか心配になる。

「今の会社は入って二年ぐらいになりますけど、私、会社で友だちが出来んのです、男の人も女の人も。私はどっちの友だちも欲しいんですけど、何か溶け込めへんの。やっぱり言葉が違て自分が田舎者っていう気があるからかも知れないですけど。一つにはそれで人と付き合う練習に思て、水商売のアルバイト始めたんです」

「大阪で育ったから偉いってもんやないって」

僕はレイカを慰めるように力を込めてそういってやる。

「僕は初めて会うたけど、何か気が合いそうやし、レイカさんと友だちになりたいて思うよ。無理して気の合わん奴らと友だちになる必要なんかないで」

マスターは洗い物をしながら、僕がうまく自分の術中にはまったというように笑っている。ラーメン屋の大将は、釣り以外のことには一切興味がないという涼しい顔で瓶ビールを飲みながら釣り雑誌を読んでいる。レイカはスツールを替わり、僕の隣まで寄って来て僕の顔を覗き込んで尋ねる。

「Kさん、本当にそう思う?」

「嘘はいわへん。僕はあんたのことええ人やと思うよ」

レイカはまるで処方箋でも読むような神妙な顔で僕の言葉を聞き、その真実味を確かめるようにしばらく僕の顔を眺めた。

「ありがとう。Kさん、ええ人ね。私のこと可哀相と思おて慰めてくれてるんでしょう」

レイカはやがてそう礼をいい、

「嘘でもそういって貰えると嬉しいです。また、お店の方にも来て下さい」

とプラダのポーチから店の名刺を出して僕に渡そうとした。

「店にはノルマがある?それならいくけど」

　僕がそう尋ねると、レイカは何を聞くんだろうと不思議そうな顔をして、

「いえ、私はヘルプなんで、そんなノルマはないですけど」

と答える。

「ほな、別に店にいく必要はないな。空いてる日に、寿司でも食べにいこ」

　僕がそういうと、レイカはそういう意味かと納得したような表情で微笑み、

「そうよね、別に店で会うことはないんよね。じゃ、私と友だちになってもらえるんですね」

と半分冗談めかした軽い口調でいった。それは、僕という男にとりあえず好意は持ったが、まだ決してそれ以上ではないというように僕には聞こえた。

「そやな、栄えあるお友だち第一号。まずお友だちから始めましょう」

　僕は柄にもなく照れながら名刺を出し、シャーペンで自分の携帯電話の番号を書き込んでレイカに渡す。レイカも僕にシャーペンを借り、店の名刺の裏に自分の電話番号を書いてよこした。とても几帳面で、綺麗な字だった。


「明日は土曜日やけど、仕事ある？」

「明日はお休みです。会社も店も」

「そうか。ほな、きょうはゆっくり出来るな」

「そうですね。せっかく友だちになったんだもんね」

「ほんまや、友だちに乾杯や」


　僕はかなり酔っていた。正直いうと、僕はさっきカウンターの隅で独り飲んでいるレイカを見た時、どこか寂しそうだったのと、どちらかといえば時代遅れの派手な格好をしていたので、少し好奇心を持っただけだった。レイカに一目惚れしたわけでも、あわよくばものにしてやろうと思ったわけでもなかった。しかし、今はレイカに対して不思議な親近感を抱いていた。ちょうど今夜の僕の気分とうまく適っていたからかも知れない。独りで過ごさねばならない週末とか、ねじれてしまった恋とかで僕はけっこう落ち込んでいたのだった。

　レイカはとりとめもなく、自分が今福島区の古いワンルームマンションに住んでいるということや、勤めている会社は主に企業の資料やデータの代行入力をしていて、一日コンピュータのディスプレイに向っているということや、休みの日は友だちがいないから独りでビデオを見たりしてすごすのだということを僕に話した。どちらかといえば淡々とした話しぶりだったが、それでもその端々に、まるでようやく救助された遭難者が食物を貪っているような切実さをにじませていた。

　一時を少し回った頃、扉が開いて一人のオンナが賑やかに駆け込んで来た。

「マスター、降ってきたわ！もうブラジャーまでびちょびちょ。見たらあかんよー」

　抑揚のあるリズミカルな声に四、五人いた常連客がいっせいに振り向き、そこだけ急に花が咲いたような明るさになった。

マスターがさっきから僕にいっていたオンナ、ユカリだった。すらりとした長身で、髪を短目に切ってワンレングスにし、シャネルの黒のタンクトップにサスーンのＧパンという格好だった。これはもちろん店を出る時に着替えて来たのだ。ユカリは新地でも指折りの一流クラブに勤めており、ホステスが二十人以上いるその店でも常に一、二位の売上を揚げている。整った美しい顔立ちと、いつも面白そうに輝いている茶色い瞳と、リズム感のある独特のしゃべり方と、よく笑う大きな口と、いつも前向きな人生の気分とで会う人間を皆気持ちよくさせることの出来るオンナだった。僕とはずいぶん前からの馴染みだった。僕がユカリの店にいくことは希れだったが、店がはねてから待合せ、カラオケスナックで歌ったり、おでんをつついたりと、互いに気を遣わない気楽なつき合いをしていた。

「ユカリちゃん、お疲れ。何やったら俺のブラジャー貸したろか」

僕はユカリが視線の隅で自分を認めたのに気づくと、口軽にそう声をかける。

「あら、Ｋさん。ご無沙汰やない。こんな処で何してるのん？」

いでやる。


「こんな処でえらい悪かったな」

マスターがそう突っ込み、手早くユカリに缶ビールを開けてグラスに注いでやる。

「ありがとう、マスター。よお冷えてるね！」

無意識にこういえる性格がユカリの好かれる所以だった。

「どやった、ユカリ。きょうは店は」

「おかげさまで、きょうはけっこう多かったよ。景気ちょっとよおなって来たんかな。ああ、今週もよお働いた。ビール美味しい！」

「何か食うか。腹減ってないか」

「うん。ポテサラ頂戴。山盛り」

「色気ないやっちゃな」

マスターはそういいながら嬉しそうに冷蔵庫から大きなタッパを取り出し、お手製のポテトサラダをたっぷりと盛りつけてやる。ブラックペッパーのたっぷりかかったこのサラダは、この店の唯一の一品だった。これを好物にしている客は多く、夜明け前しこたま酔った後で小腹が空いた時に食べるとその冷たさとともに何ともいえぬ旨さだった。

「マスターのポテサラ、ほんまに美味しいよねー。このブラックペッパーがまたええ香りなんやね。時々、どうしてもこれを食べたなる時があるねん」

ユカリは口紅のとれるのをまったく気にもせず、大きな口を開けてサラダを頬張り、心から満足したというようにいった。マスターは夢中になってサラダを平らげているユカリを可愛いやっちゃという目で見ながら、自分のグラスからバーボンを一口飲み、自慢気にいう。

「やっぱり酒の肴やからな、どんなもんがうまいか、俺も酒飲みやからわかるんやな。初めは黒胡椒入れてなかったんやけど、飲みながら食たら、何か物足らんねん。何かピリッとしたもんがあったら旨なるんちゃうか、思てな」

「うん。やっぱりこのブラックペッパーがええんやて。私もここでこの味覚えて、近所のスーパーでブラックペッパー買うて来てうちで自分で作ってるの。でも、何か味がちゃうねん」

誰かが横からすかさず、「それは素面やからとちゃうか」といい、常連たちは爆笑する。レイカはさっきからユカリの横顔を見つめながら、ユカリとマスターとのやり取りを面白そうに聞いている。レイカとユカリは顔見知りらしく、さっきユカリが店に入って来た時にお互いに軽く会釈していたが、それ以上言葉を交すほどの仲ではないようだった。

まるで正反対の陽と陰だ、と僕はこの二人のオンナを見比べ、そう思った。レイカがどういう育ち方をして来たのかは知らないが、家庭的には決して恵まれて来なかったユカリにこれだけ陽気な「花」があるとは、やはり人には持って生れた性分というものがあるのだろうか、と僕は不思議な気がした。

「ユカリは天然やからな」

ユカリの明るさと元気さが羨ましいというような目で凝っとユカリを見るレイカに、僕は慰めるともなくそういった。

「綺麗な人ですね。やっぱり美人っていいですね」

レイカは感心したようにそう呟き、マスターの方に向き直って、

「マスター、すみません、お勘定お願い」

といってポーチを掴んで立ち上ろうとする。

「何や、きょうはゆっくり出来るてゆうてたやないか」

僕が思わず咎めるようにいうと、レイカは拝むように手を合せ、寂しげに微笑んで僕に詫びるようにいう。

「やっぱりきょうはもう帰ります。久しぶりにいっぱいしゃべって何か疲れてしもた。ほんとに楽しかったわ、ありがとう」

「わかった、また電話する。送っていくわ。あ、きょうは俺につけといて」

後の方をマスターにいい、僕が自分もスツールを立とうとすると、レイカは慌てたように僕を押し止め、

「Kさんはゆっくりしといて、私大丈夫ですから。ビルの前で車拾えますから。本当にきょうはありがとう」

ともう一回礼をいい、

「ごちそうさま。ありがとう」

とマスターに小さく手を振って店を出ていった。

「あらら、Kさん、振られちゃったね」

　ユカリが仲間うちに見せる親しげな笑顔を作って僕をそう冷やかし、旨そうにビールを飲み干した。僕はユカリにそういうふうに見られていたかと思い、苦笑して答える。

「そんなんやない。さっき初めて会おたんや」

「どこで？」

「ここで」

「ああ、わかった。マスターに紹介されたんやね」

「そや。今宵の飲み友だちとしてな」

「Kちゃん、そやけどなかなかええ感じやったで」

　マスターが氷を割りながら茶化すようにそう口を挟み、それからふと真面目な顔に戻ってこう続ける。

「Kちゃん、あいつは寂しいんやで。陰気やろ、とても水商売できるような奴やない。けっこう顔立ちがええのと、たまに見せる笑顔が色っぽいのと、真面目で休まへんのと、ああいう無口で大人しいタイプのオンナが好きな客がおるんとで、店は雇てるんやけどな。ここにもいつも独りで来て、黙って飲んどうる。寂しいて、人恋しいて、何か賑やかな処行きとうて水商売しとるんや、きっと。俺はマジでKちゃんに、あいつの友だちになったって欲しいいて思たんやで」

「マスター、でも根っから水商売に合おてる人っているんかなあ」

ユカリが日頃抱いているささやかな疑問をきわめて率直に口にしたというように、無邪気にマスターに尋ねる。

「何を人ごとみたいにゆうてるねん、それはおまえやないか」

マスターは漫才の台本どおりのように即座にそう切り返す。

「おまえはホステスになるために生れて来たようなもんやないか」

「えー、そんなんになるために生れて来たんちゃうよー」

ユカリは独特のテンポと抑揚のあるしゃべり方で、小学生のようにナチュラルにそういう。周りの常連たちはいつの間にか、まるでユカリの勧めるクラブに客で来ているような気分になっていた。皆愉快そうに笑いながら心地よくユカリとマスターの会話を楽しんでいる。それがユカリの無作為の魔術だった。

「私はこの仕事いやじゃないけどさあ、でも好きってわけやないし、そんな命をかけてやろうと思ってるわけやないし、仕方なくやってるわけやし。皆、お金のためにそれなりの努力して何とかやってるんとちゃうのかなあ。ホステスしたいって思てしてる人なんておらへんのちゃう？　いや、でもやっぱりおるんかなあ…」

ユカリの龍頭蛇尾な独り台詞に、周りの客たちは皆思わず笑ってしまう。ユカリはこの辺の言葉のバランス感覚が絶妙なのだった。

「Kさんどう思う？　私って生れながらのホステスなんかなあ」

ユカリは店で二人の客を相手するように巧みに僕に話題を振り、僕の方をじっと見る。

「そうやなあ」

僕は何気なく相槌をうち、普段ホステスのユカリというより、どちらかといえば店が終ってからのユカリとのつき合いが多いことにあらためて気づく。

「あんまり営業中のユカリは知らんけど、ホステスに向いてるかどうかゆうのは、サラリーマンに向いてるかどうかてゆうような漠然としたもんちゃうか?まあ、皆何となくそれなりにやってるちゅうこっちゃ」

　僕がいい加減にそう答えると、マスターは笑いながらユカリにけしかけるように、

「ユカリ、店終ってからばっかり会わんと、たまにはKちゃんに同伴して貰え」

という。ユカリは即座に手を振り、

「あかんあかん、Kちゃんと会うてたら、もう店いくのがいやになるもん」

「どういうことや。Kちゃんと離れられへんほど好きやてか?」

「Kさんのこと好きも好きやけど、それより、もう店が終ったような寛いだ気分になってしまうもん」

　常連たちはそれを聞いてうまく落ちがついたというようにどっと笑い、ユカリはしてやったりというように僕の方を見て舌を出す。僕も笑いながらふと考える。

　そういえば、自分はユカリの上客ではないし、かといってまったくプラ

イベートな恋人や友だちというわけでもない。あえて、自分とユカリとの関係を言葉で表わすとすれば、それはやはりありふれた「馴染み」という言葉以外に思い浮かばなかった。考えてみると、僕とユカリの奇妙なつき合いを表わすのに、これほどいい得て妙な言葉はない。

別にお互い相手に愛情や、金や、信頼や、援助を期待しているわけではなく、ただ何となく連絡を取り合い、会うとしばらくの間お互いに何の責任もない気楽で心地よい時間をすごすだけという間柄だった。それは相手に馴染んでいるからという以外に説明のしようがなかった。

僕にとってユカリとそうやって会うのは、ちょうどお気に入りの十二年物のターキーのコクのある舌触りや、チャームのラムネ菓子の甘さや、透明のビニール傘を叩く夜の雨や、タクシーのライトが溢れた深夜の御堂筋の光景のようなものだった。或いはまた、長年着尽くしてよれよれになったKENZOのシルクのパジャマや、しっくり指に収まるWATERMANの万年筆や、何回も読み返してすり切れたヘミングウェイとフォークナーの文庫本のようなものだった。つまり、僕にとってユカリの存在は馴れ親しんだ生活の一部であり、心の肌触りのいい懐かしい風景なのだった。

一方レイカは。……僕はふと、今しがた店を後にしたレイカを思い返した。不思議なことに、きょう初めて会ったばかりのレイカは、さっきからなぜか僕の心の底に郷愁とでも呼べるような、痛いような切なさを湧き起こさせていた。今まで隣にいたレイカの疲れたような寂しげな微笑みや、訛の残った朴訥なしゃべり方や、整った美しい顔に合わない濃い化粧の残像が、まるで蛇口の壊れた水道から漏れる水滴のように一滴ずつ僕の心に浸み込んでいく。マスターは水割りのお替りを作りながら、僕のそんな気持ちを察したように低くいった。

「Kちゃん、レイカに会いたなったら、『リボン』にいったらええ。おもろい店やで」

「別にそんな気ない。客とホステスのつき合いは興味ない」

僕がそう答えると、マスターは僕のその答えも予想したとおりだというように笑って、

「さあ、ほなユカリ、カラオケでも一曲いこか」

と絶妙に話しを変え、歌の本をユカリに抛って寄越した。

それから僕はやけくそのようにユカリとさんざん歌い、結局僕たちが店を出た時にはもうすっかり朝になっていた。やはりまたいつものようにユカリと快適で無為で傷を舐め合うような夜をすごし、そのおかげで何とか今夜も辛うじて孤独の魔手から逃れられたといった図だった。

店を出るのがまだ夜のうちだと、新地からさほど遠くないユカリの家までタクシーで回って送ってやるのが常なのだったが、この時間になると、むしろ白ちゃけた朝の空気の中を二人で千鳥足で地下鉄の駅まで歩き、始発から二番目ぐらいの、まだ眠っているような電車で帰る方が僕たちの自堕落な気分に適っていた。夢の残骸のような一夜のごみで溢れ返った新地の裏通りを歩き、地下鉄の階段を潜って改札に辿り着くと、僕は残業帰りの同僚にするように軽く手をあげてユカリに挨拶し、そこでそのままオンナと別れた。

僕がレイカの携帯に電話を入れたのは、それから十日ほど経ってからだった。僕はわざと時間を置き、その間に僕の心の中でレイカへの思いがワインのように熟成して行くのをじっと待っていた。そしていよいよレイカの声をどうしても聞きたいという気持ちになった時に、僕ははやる心を押えてわざとゆっくりゆっくりレイカの携帯の番号をプッシュしたのだった。

最後の番号を押し終ると、一瞬の無音の後で無機的な呼出し音が小さく鳴り始める。この孤独な現代の人と人とのはかない繋がりを暗示するような無表情な音だ。時刻は一時ちょっと前、会社の昼休みの終る頃だった。ようやく電話に出たレイカの声は、僕がレイカの性分から予想していたとおり、まったく無感動で物憂げな調子だった。

「…はい」

「Kです。こんにちは」

僕が名乗ると、レイカの声は警戒を解いたように急にほとびて柔らかくなる。

「あ、こんにちは。この前はごちそうさまでした。久しぶりに楽しかったです」

「僕も」

「あれからまた遅くまでおられたんですか」

「遅いというか、朝早いというか、むずかしいとこやけど」

僕のそんな軽口に、電話の向こうでレイカが笑う。その笑い声で、頼りない絆が少しだけ太くなったような気がする。

「今夜は店に出る？」

「いえ、きょうは店はありませんけど」

「ちょうどよかった。もし空いてたら、飯でも食いにいきませんか」

僕は何気ない感じに聞えるように、精一杯軽くそう誘った。一瞬、息を吸い込むような躊躇の沈黙があったが、

「はい、ありがとうございます」

と嬉しそうな返事があり、とりあえず二回目の出会いは確保されたのだった。僕たちは新地の近くのヒルトンホテルのロビーで七時に待合せることにした。

ヒルトンは二つの顔を持っている。ＪＲ大阪駅側はショッピングプラザになっており、いつも華やかで活気のあるざわめきに満ちていた。ここで

は若いＯＬや学生が待合わせて買い物をしたり、ちょっと奮発して地下のチェーン系のレストラン街で食事したり、また会社帰りの若いサラリーマンが会員制のスポーツジムに通ったりしている。

そのプラザから回転扉を抜け、新地側のアトリウムに出ると、こちらには照明を絞った落着いたホテルのロビーが広がっており、えんじ色の絨毯の上を足音もなくボーイが行き交い、外国人のビジネスマンがチェックインの手続きをしていたり、パーティーの時間待ちをしている略礼服の招待客がラウンジでお茶を飲んだりしている。僕が間違えないよう繰り返し指定したのはホテル側のロビーで、幼稚で傍若無人な若い連中を見なくて済む方だった。

約束の時間より前に僕が待合せ場所に着くと、もう既にレイカは来ており、ソファがいくつか空いていたのにそれにはかけず、落着かない様子で立って待っていた。僕の顔を見ると、レイカは助かったというように安心した笑顔を浮べて近づいて来て物静かに挨拶する。

「Ｋさん、今晩わ」

「ごめんごめん、だいぶん待った?」

「いいえ、私も今来たところ。あんまりこんな所に来ることないから、何か緊張するわ」

「向うはカッコええ若もんが多いからね、僕らオッチャンには似合わへん」

僕はショッピングプラザ側のロビーのことをそういい、その実内心ではホテル側の風景が似合うようになった自分の年齢と経験と風貌に満更でもない思いを抱いている。

二十代の男なんか吹けば飛ぶような野良犬みたいなもんや、と僕はその頃の自分の不格好な人生を思い出しながら、いつもそう感じている。これから食事するにしたってそうだ。頭と精神と財布の空っぽな若僧の行くようなチェーンの居酒屋には行かない。新地の割烹か、寿司屋か、ワインのうまいイタリアンレストラン……いずれにしても馴染みの板前やシェフが満面の笑みを浮かべて僕を迎えてくれる店が、この齢になると幾つもあるのだ。この一事だけでも、人間、伊達に加齢しているわけじゃないと思う。その代り、若い頃には想像もしなかった人生の重みと苦さもうんと背負い込んでいるわけだが。

今夜のレイカは、この前とはまったく違う目立たぬいでたちだった。化粧はファンデーションと口紅以外にほとんどしておらず、髪を清潔に後ろで束ね、白のブラウスに紺のタイトスカートという地味な姿。しかし不思議なことに、今夜の方が先夜よりずっと美しく見える。

「どこへいく? 和食がええ? それとも肉?」

僕が尋ねると、レイカは和食の方がいいと答え、僕はレイカを新地の馴染みの割烹へ連れていくことにした。

新地本通りの中ほどにある奥行きの深いビルを入り、路地のようになった暗い廊下を突き当たり、細い階段を二階にあがった処に、その店はあった。ホステスの衣装のような色とりどりの原色の電照板を掲げたラウンジやスナックの並ぶ二階のフロアの片隅に、そこだけいささか場違いな上品なぼんぼり提灯の柔らかい灯りで仄かに照らされた割烹の白木の格子戸がある。それは京家の老舗のような落ち着いた店で、新地の隠れ家といった趣のひっそりとした佇まいを見せていた。

指一本で軽く滑る格子戸を開けると十人掛けの白木のカウンターがあり、それがその店の席のすべてなのだった。カウンターにはホステスと客らしい四組の男女連れが座っており、うまい具合にちょうど二席だけ空いていた。

席はかなり余裕をもって配置されており、隣の客と肘が当たるようなこともなく、ゆっくりと五組のカップルが食事出来るようになっている。今の時間帯は同伴出勤のホステスと客で賑わう頃合いで、板長の一番忙しい時なのだった。盆を持って走り回っているおかみさんのこぼれるような笑顔に迎えられ、僕とレイカは一番手前の席に座った。板長と若い衆とこのおかみさんの三人でこの店を切り盛りしていた。

「素敵なお店ね。Kさん、こんな処でいつも食べてられるんですか」

席に落ち着くと、おしぼりを使いながらレイカが感心したようにそういう。

「盆と正月ぐらいかな」

と僕は惚け、二人で笑いながら冷たいビールで乾杯する。二人の距離がこれでまたほんの少しだけ縮まったような気になる。

「私ね、きょう、電話戴くまで、Kさんからかかって来るなんて思ってなかったんよ」

レイカはようやく寛いだのか、少し砕けた口調でそういう。

「何で？」

「だって私、電話かけてわざわざ会うほどのオンナやないし」

レイカはそこで一旦言葉を切り、小ぶりのビヤグラスについた露を細い指でなぞりながら、気弱げに微笑んで目を伏せて僕を見ずに続ける。

「それに、次会うた時にきらわれたら怖いしね」

「そんなことないて。この年になったら第一印象が外れることはあんまりない」

僕は予期していたことをレイカがやっぱりいったと思い、レイカのそんな思い込みを淡々と否定してやる。

「一回話していやな奴やと思たら何回会うてもいやな奴やし、一言挨拶して気が適うと思たら次にじっくり会う時も多分楽しい。この年になったらそんなもんや。きょう会おてみたら、君はやっぱりこの前とまったく同じやった。格好は違うけど、中味は一緒や」

「そう、そうやねえ」

レイカは顔をあげて僕の顔を見、こないだと同じように他人の主義を信じる信じないの決断をするのは保留し、とりあえず相手を刺激しないように聞きおくという感じで相槌を打ち、それからふと思いついたように訥々という。

「私、日によって全然気分が違うんよ。結構楽しい日もあるし、もう会社へ行くのも誰に会うのもいやってゆう日もあるの。どっちかてゆうたらその方が多いかも知らんけど。そんな日に私、Kさんに見られたら、恥ずかしいてもう二度と会われへん」

「きょうはどっち?」

「きょう?きょうはいい方。お昼にKさんに電話貰って、それから午後ずっとウキウキしてたから。でも、新地に来るような服と違うから、恥ずかしいけど」

「そんなことない。よお似合てるよ。そんなさりげない格好が自然でええねん」

「ということは、この前会おた時は似合てなかったん？」

レイカは微笑み、このオンナもこんな軽いいい方が出来るのかと思うような悪戯っぽい調子で、身を翻すようにそういう。僕はその調子に合わせ、半分本音を漏らしかける。

「あのどぎついホステスルックはちょっと無理があったな。あれは……」

時代遅れの田舎ホステスみたいや、と危うく口が滑りかけたのを途中で気づいて僕は慌てて軌道修正し、

「ああいう派手な格好は、品のない不細工なオンナの方が似合うんや。君みたいな別嬪は、今夜みたいに普通にしてた方が綺麗やな」

と、何とかごまかしてそう納める。レイカは僕の顔をじっと見て、僕のいいかけたことはお見通しだというように、面白そうに声をたてて笑った。すると、今まで見せたことのない生き生きとした活気のある美しい表情が現れる。

「こないだのあの服はね、店に勤め始めた頃にママに貰ったんよ。あんまり地味な服ばっかりやったから、ママが見かねたんやろうね。初めてあの服着た時は、自分と違うみたいでびっくりしたんよ。それからホステスする時はわざとあんなどぎつい格好することにしたの。化粧も髪も。そしたら、普段の自分と違う自分になれそうやったから。変身できそうやったから」

「ほな、きょうは普段のあんたを見れたわけやな。次は一回、落ち込んだ時のあんたも見てみたいな。僕もそうやけど、人間、落ち込んだ時は無理することない、とことん落ち込んでたらええんや。そんな姿も自然でええもんや」

僕は気紛れではあったが、満更冗談でなくふと思いついたままそういった。僕も十九やはたちのガキじゃない、今更別にオンナの作り笑いやお世辞を聞きたいとは思わない、寂しいオンナの貌を見ているのもそれが自然ならそれが楽でいい、という気分だった。あまり世間と付合いの多くなさそうなレイカの、僕が唯一の男になってもいいという無責任な考えさえ頭をかすめた。

「Kさん、優しいんやねえ」

レイカは僕を見てくすりと笑っていう。

「私が何ゆうても私を慰めてくれる。こんな男の人初めて。Kさん、きっと誰にでもそんな優しいことゆうてはるんやろねえ」

「そんな偉いモンやない。ボランティア違うんやから」

白木のカウンターの上には、香ばしい鮎料理が並べられた。産卵前の身のよくついた大ぶりの鮎をこんがりと揚げ、香味野菜をはらりと振りかけ、全体にレモンをたっぷりと絞ってある。まるで王家の一品のような風趣が漂い、早速一口食べると味もまさに絶品だった。

「Kさん、久し振りですね」

僕が常連であることをそれとなくレイカに告げるように板長が笑顔でそう挨拶し、

「鮎も今食べとかんと、もうすぐ痩せますからね」

と珍しくお愛想をいう。それにつられたようにレイカが、

「本当。こんなに美味しい鮎いただくの初めて」

と、心底感動したようにいった。レイカはいつのまにか、少女のように純な心情の露出した表情を見せている。数年前まで遊び人だった板長はその表情でレイカの性分を感じとったように笑い、

「ありがとうございます」

と礼儀正しく礼をいった。その丁寧な口調から、板長がレイカのことを会社の僕の部下か何かだと見ていると僕は気づいた。レイカがＯＬであるということは半分正解なのだが、この海千山千の板長でも、レイカから新地の匂いを嗅ぎとることはむずかしかったのだった。

「実は新地にいてるねんで」

そういった方がレイカの気がかえって楽になるだろうと僕は思い、わざと板長にレイカの素性をばらす。果して板長は驚いたように大声を出し、

「うそオ。てっきりＫさんの会社で難しそうなコンピュータでも使てはる人かと思いましたわ」

といい加減な思いつきを混ぜてそういった。ＯＬと見たのは確かだが、コンピュータ関係なんてでまかせだ。でも、偶然それも半分正解だったので、

僕は思わず笑ってしまう。レイカは自分がコンピュータの仕事をしているのがなぜ板長にわかったのか、と驚いた表情をしている。

「板長はまったくでまかせゆうてるねん。会社でエレベーターガールしたはるんかと思いましたわ、かも知れんかったとこや。適当やねん」

僕は笑いながら、レイカにそう説明してやった。

「何や。私もう、何いわれても本気にしてしまうから。私あほやから」

レイカは目を細めて笑い、僕はその表情を見ているうちに、知らず知らずこのオンナがずっと昔から知っている内気な幼馴染みのような気がして来る。それはやがて、切ないまでの親愛の情に変わった。ひょっとして俺は惚れているのか、とようやく気づいた時には、いつもの恋のようにもう手遅れだった。

僕は日本酒を頼み、レイカも日本酒を好きだというので二合徳利にして、二人で素焼きの杯で飲み始める。次は鱧が出て来た。処女のような純白の鱧に梅肉の赤が鮮やかに照り映え、その視覚的な美しさがいっそう酒を進ませ、いつしか僕は酔う。

僕は生粋の大阪庶民の倅で、高級な味の分かろうはずもないが、この店の料理は不思議なことに、どれも官能的な味わいが感じられる。オンナ遊びが芸の肥やしになると昔の芸人がいったように、道楽した板長の包丁が料理の艶っぽさを生むというのか、そんなことは野暮な僕にはわからない。ただ確かに板長の作る料理は、まるで媚薬のように僕の恋心をくすぐるのだった。レイカも料理を食べ、日本酒の杯を重ねるごとに、まるで情事を楽しむかのように恍惚とした表情になっていった。

この前会った時もレイカは既に大分飲んでいたようだが、今夜はあの時のように疲れた様子はなく、気怠そうな気配もなかった。酔うほどに、飲むほどに、レイカはまるで月下美人の花が開くようにあでやかに美しさを増していくのだった。

この前のどぎつい赤のミニスーツ姿は退廃の色が濃く、それと裏腹の生気に欠けた表情はむしろ男を萎えさせたが、今夜の微薫を帯びたスッピンの艶のいい顔と、いつの間にか胸元の少し開いた白のブラウス姿はこの前より鮮烈な色気を放っていた。なぜだろう、と僕は不思議に思い、レイカをじっと見ているうち、ふと気がついた。

先夜の不自然な派手さはレイカの真実の姿と乖離していたために、そのギャップが無意識のうちにレイカ自身を疲れさせ、消耗させていたのかも知れない。レイカの頭の中にはホステスは体を売らないまでもオンナを売る商売だという思い込みがあり、それで殊更オンナを強調するように、どぎつい化粧をしたり露出の多い服を着ることによってその職業上の要求を満たそうとし、また同時にそうすることによって自己解放をしているつもりでいるのだろうが、その無理はレイカにカタルシスではなく逆にストレスをもたらし、それで疲弊したオンナのような印象をレイカに与えていたのかも知れない。それに対して、きょうの飾りのなさはレイカの生地のままの姿なので、ナチュラルで美しく見えるということだろう。

「何を見てはるのん」

レイカは恥ずかしそうにそういい、僕に顔を見られていることがまるで裸を見られているみたいだというように顔を伏せる。

「いや、今夜は特に綺麗やなあと思て」

「もう、からこうて」

レイカは媚びを売るように甘い気分を匂わせてそういい、僕を軽く睨む。それは、僕に見られていることで次第に欲情して来たことを示す潤んだ目だった。男はオンナの心根を愛しいと思うことで欲情し、オンナはそんな男の欲望を察知して欲情する。でも、まだ焦ることはない。

この後の料理は更に旬の野菜の天麩羅、甘鯛の奉書焼と続き、最後は店自慢の冷たい茶蕎麦で口直しだった。どの料理も色鮮やかで、供される皿や小鉢のひとつひとつが美しく凝っており、味は素材の新しさを生かしてやや薄めになっていて口当たりのいい辛口の酒とよく適い、僕たちはまるで料理と酒に催淫剤が入っているようにほとんど生理的な快感を味わっていた。

「おいしかった」

レイカは心から満足したように満面に笑みをたたえていった。

「板長、おいしかったて」

僕が冷やかすように板長に告げると、

「ありがとうございます。光栄です」

と板長はおどけていい、

「これで気分は盛り上がったんやから、後はKさん、もう一押しですよ」

と茶化す。レイカは珍しくのぼせたように笑い、

「板さん、そしたら私、これからKさんに口説かれるん?」

と調子を合せる。

「もちろんです。もし口説かれへんかったら、失礼やと思て怒らなあきませんよ。何でこんなええオンナを口説かへんねんて」

僕は苦笑し、それを汐にレイカに合図し板長に手を振って店を出た。板長とおかみさんの愛想に見送られて通りに出ると、新地はちょうど人の出盛る時間になっていた。冷房で冷えた体に湿気の多い夜の空気が逆に心地よい。

「梅雨終わるんかな」

レイカが、やや雨もよいの空を見上げて独りごちるようにいう。新地の空は、無数のネオンの光を飽和点まで十分水分を含んだ夜の大気の中に吸

い込み、色とりどりの霧を吹いたように滲んだ暗い輝きを放っていた。その中を、浮かれた酔っ払いと、まだ酔っていないしかめっ面のホステスと、自分の持ち場へ向かう急ぎ足の黒服とがひっきりなしに行き交っている。

僕は今夜レイカを口説く気はなかった。じゅうぶん欲情はしていたが、今夜寝てしまうと、もうそれで終ってしまうような気がしていた。それはレイカとの付合いが終ってしまうということではなく、僕のレイカに対する恋の気分が、という意味だ。情事が済み、朝になると、隣で眠っているレイカを僕はきっと他人のように見るだろう。よくある、酔った任せの一夜限りの恋という奴だ。僕は僕の欲情をもっと熟成したかった。だから今夜はレイカへの愛しさが募るままに、一刻も早くレイカと別れなければならなかった。僕はじゅうぶん情事を期待しているレイカに向かい、

「また電話する」

といって手を振った。レイカは一瞬戸惑った表情を見せ、何か僕を怒らせたのかと怯えたような目をしたが何も問わず、少し緊張した不安気な作り笑いを浮かべ、

「どうもありがとうございました。本当に楽しかった」

といってから、

「本当にまた電話してね」

と一言いい残し、はかなげに手を振りながら、人の心に浮かぶ恋の幻影など真っ白に感光し焼き尽くしてしまうような虚飾のネオンの海に呑み込まれるように姿を消した。


僕はその週末、レイカの勤めているラウンジにいこうと思い立った。何よりレイカと会いたかったし、またあのけばけばしい顔のレイカを見たいという欲望も少なからずあった。夕方になってようやく雨があがり、蒸し暑い夜になっていた。九時前に仕事が終り、馴染みの気軽な割烹に寄って大将を相手に呑んでから、十一時すぎにレイカに貰った名刺の裏の案内図を見て店を探した。

着いてみると、僕はそこが昔バブルの頃よくいっていた高級クラブの隣のビルだったことを知った。そのビルは新地の東外れにあり、最近この街でも時々見かけるランジェリーパブやキャバクラ、つまりオンナが下着姿で踊ったり全員が超ミニのスカートを穿いているというような若者向けの安直な店が集まっていた。ビルの前にはスパンコールの短いパンツやアメリカ国旗の柄のミニスカートを穿いた、いかにも精神の空っぽそうな若いオンナたちが立ち、両隣の老舗のクラブの初老の黒服たちと冗談口を叩き合っていた。黒服たちは初め、昭和四十年代から自分たちが立ち続けていたこの「聖域」に進駐軍相手の娼婦のような格好をした若いオンナたちが立つことを毛嫌いしていたが、最近ではもうすっかりあきらめており、これからは新地もどんどん若いお客さんに来て貰わんとやっていけまへん、といって開き直っていた。

僕は馴染みの黒服を見つけ、軽く手をあげて挨拶した。新地の主のような、とっくに五十を廻った痩せた黒服は大仰に驚いて見せ、

「へえ。Ｋさんもこんな店にいかはるんでっか」

という。

「気分は学生やからな」

僕は軽口で返したが、心の中では少し穏やかならぬ気になっていた。黒

服のいうとおり、僕はこんな店に来る趣味はない。建物の小さなエレベーターの前には昨日今日学校を卒業したような、尻に卵の殻をつけているような若い安サラリーマンたちが乗り切れずに順番を待っていた。ビルの案内板で「リボン」の名を探す。最上階のランジェリーパブとオカマバーの間にそのラウンジはあった。見れば五階建のビル全体がどれもいかがわしそうな店ばかりで、「リボン」だけが辛うじてラウンジと書いてあったが、雰囲気は推して知るべしという感じだった。

なかなか降りて来ないエレベーターの前で待っていると、一階のオカマバーの扉が開き、帰ろうとする客と見送りの若いオカマが出て来た。客は五十がらみのでっぷり太った小柄な禿げ親爺で、可愛くてたまらないというように別れ際にオカマをしっかりと抱き、オカマは自分の父親ほどの年齢の男に抱かれてその首っ玉に齧りついている。緑色のアフロヘアの美少年のオカマはくっきりと紅いルージュをひいており、モデルのような細い肢体を赤いレザーのジャケットと短パンツに包んでいる。すらりと伸びた足に黒の網タイツがよく似合いなまめかしかった。

「またお待ちしてまーす」

　思春期の少年のようなかすれ声でオカマはそう愛想をいい、何回も振り返る親爺にひらひら手を振っている。親爺の姿が酔っ払いの群れに遮られて見えなくなると、芝居が終ったように溜め息をひとつつき、胸のポケットからパーラメントを取り出して火を点けた。紫の煙りが湿気をいっぱいに含んだ風のない蒸し暑い夜の大気の中に広がり、オカマの気怠さを現すように物憂げにゆっくり漂う。オカマの横顔はやつれており、無残にも虚無的な眺めだった。

　ようやくエレベーターが開き、僕は若いガキたちの後から乗り込んだ。六人乗りのエレベーターは満員だったので、僕は後から乗って来た別のオカマと体をくっつける格好になった。さっきよりは年嵩だがやはり美しいそのオカマは、まるで痴漢に襲われまいと警戒するように習慣的に自分の胸を抱くように両手を前に組み合わせている。僕がそんなふうに見えるのかと思うと、あまりの馬鹿馬鹿しさに情けなさを通り越しほとんど感心したのだったが、しかしそれが無意識の動作になっているということは、常識を弁えぬ酔漢に密室の中で面白半分にちょっかいを出されることが日常的にあるのかもしれない。

最上階に着いた時には、僕とそのオカマの二人だけだった。オカマはエレベーターの「開」ボタンを押し、僕を先に降りさせてくれた。暗く狭い廊下をランジェリーパブとオカマバーのけばけばしい電飾看板が照らし出し、その奥の方にそれに負けないほどどぎつい看板が薄汚い壁面に輝いていた。オレンジと黄色と緑の細い蛍光管で「リボン」と書かれたその看板は、まるで場末の安物の娼婦のように直截に僕を誘った。僕はレイカを初めて見た時のあの派手な格好を思い出し、ようやく納得することができた。あれはこの建物の中ではごく当たり前なセンスだったというわけだ。まったく洒落にもならないオチだった。しかし僕は既にその時ありふれた欲情にかられており、いつもの娼家に出入りする男のように、何の躊躇もせずに「リボン」の扉を開けた。

かなり暗目に照明を落とした店内には処々に紫のダウンライトが瞬き、扉の横手から奥までずっと曲面を描いた長いカウンターがあった。ドーナツを半分に切ったような半円形のそのカウンターの内側には、白のカッターシャツにネクタイを締めたチーフ格の体格のいい三十すぎぐらいの男とキャミソール姿の二人のホステスが立っていた。チーフ風の男はグラスを磨いており、その横でハイビスカスの柄のキャミソールを着たショートの赤髪のホステスが氷を砕き、豹柄のキャミソールのロングの茶髪のホステスがいかにも機械的にチャームを作っている。

停まり木のようなカウンターには、カップルが二組とオンナ同士の二人連れが二組座っており、どの客もひそやかに低い声で話しながら静かに呑んでいた。オンナ客も皆キャミソールかノースリーブのシャツか或いはそれに類するような服装で、それは今日び社内でもそんな格好の若い女子社員が増えているので僕にはさほど違和感はなかったが、一見したところまるでリゾートホテルのバーのようにビーチから戻って来た客が呑んでいるような店内の中に、どこかしら言葉ではいい表せない淫靡で濃密な空気が漂っていた。暗くてレイカがいるかどうかはよく確認できないが、この中にレイカがいるのかと思うと欲情と切なさがこみ上げて来る。

「いらっしゃいませ」

マネージャー格の痩せた髪の長い男が近づいて来て、一瞬で値踏みするように僕の全身を眺め渡してから、合格だというようにきわめて愛想よくそういった。

「お一人様でいらっしゃいますね」

僕はうなずき、笑い仮面のようなその男に勧められるままカウンターのほぼ中央に腰を下ろしながら、

「レイカちゃんは居てる?」

いきなりそう聞くと、男は作り笑いの中に感情を押し隠し、大仰に揉み手をしながら、

「レイカでございますか。ええ、来ておりますが、今ちょっと別の席についておりまして。少々お待ち下さいませね」

と馬鹿丁寧にそつなくいう。

「失礼ですが、お客さま、ボトルはございましたでしょうか」

「いや、初めてや。オールドパーあったら入れて」

「どうもありがとう存じます」

マネージャー格の男は早口でカウンターの中のチーフ格の男と豹柄のキャミソールのオンナに何か指示し、チーフ風の男は手早くオールドパーとグラス、アイスペール、ミネラルにチャームをトレイに並べていき、豹柄のキャミソールのオンナがお絞りを持ってカウンターから出て来て僕の隣に座った。昭和三十年代の流行歌手のような派手なマスカラをつけ、オレンジの口紅を塗ったその若いホステスは、まるで風俗のオンナのように、

「お客さん、初めて?」

とハスキーな愚鈍な声で尋ねる。

「レイカちゃんは?」

僕はオンナの問いには答えず、さっきの質問を繰り返した。オンナは気を悪くした様子もなく、

「ああ、お客さん、レイカさんのお知り合い?レイカさんは向うのオンナのお客さんについてるわ。もう帰りはるとこよ」

と、目で奥の方のオンナ同士の二人連れの一組を示していう。なるほどそういわれれば、一番奥にいるオレンジのキャミソールを着たオンナのわずかに見える横顔はレイカのようにも思われる。レイカが相手をしているオンナは赤いサマードレスを着た背の高い三十代後半のキャリアウーマンという感じで、今が盛りと人生の体力がみなぎっており、怒張する気分を鎮めるためにおとなしいオンナと酒を必要としているように見えた。

「オンナのお客さんが多いのよ、この店」

と豹柄のホステスは説明する。僕はようやく、客にそれぞれ一人ずつホステスがついているのだと気づき、この店は恋人同士でバーで呑んでいるような雰囲気を演出するためにカウンター席にしているらしいと飲み込めた。

「ママは？」

「ママはまだ来てない。十二時回ってからが多いみたい。私はもうその頃あがるんやけどね」

「へえ。店は何時まで？」

「四時ぐらいかな。お店終ってから呑みに来るホステスさんとかが多いのよ」

オンナはまるで自分はホステスと異人種だというようにそういった。聞けばママはもう五十を越えており、やはりホステスあがりだが、店がはねてからホステスがひとりでゆっくり呑めるような店にしたいといっているのだという。いわばこの店はホステスたちの、

「『憩いの広場』を目指してるんやて」

と、豹柄のオンナはそれがいつもママの常用するお気に入りの言い回しだとわかるようないい方でいい、そのアナクロな語感がおかしいというように笑った。

「早い時間はお客さんみたいな普通の男の人が多いけどね」

と豹柄はいい、普通のお客さん、というこのオンナの稚拙な物いいに僕は思わず苦笑する。

間もなくレイカとレイカの接客していたオンナ客が席を立った。オンナ客はカウンターの中のチーフ風の男に慣れた様子で一言冗談口をたたきながら扉に向かい、客のハンドバッグを持って見送りに立ったレイカがその

後ろをついて僕の席を通り過ぎていった。覚えのあるレイカの香水と、オンナ客の癖のある体臭が入り交じって僕の鼻をうった。扉を開けながらオンナはさも当然の挨拶のようにレイカの頬に軽くキスし、レイカの肩を抱いて淫靡な笑い声を立てて出ていった。それはいかにもこの店のいかがわしい匂いによく合った風景だった。

客をエレベーターまで送ったぐらいの間合いで戻って来たレイカが僕の隣に座り、入れ違いに豹柄のホステスはお役御免だというように席を立ちカウンターの中に戻る。

「びっくりしたわ、Kさん」

レイカはいった。顔を見るとまさに初めて会った時の濃い化粧で、キャミソールから露出した華奢な肩がむしろ寒々しく、少し疲れた表情をしていた。

「面白い店やな」

僕が水割りを呑みながらいうと、レイカは僕の耳元に口を寄せて、

「レズっ気がある人が多いのよ。今の人にもようくどかれるん」

と秘密を打ち明けるように囁く。

「もてるんやな」

　からかうようにいうと、

「男の人にはもてへんねん」

と弱々しく笑ってからレイカはふと真面目な顔になり、

「ねえ、Kさん。何でお店に来てくれたん？お店には来たくないようなこと前にゆうてたのに」

と僕の顔を覗き込むようにしてさも不思議そうに尋ねる。

「急に顔が見たなったし、それに、どんな店で働いてるんか気になってたから」

　僕は今更レイカを相手に駆け引きや愛想をする必要はないと思い、何の衒いもなく率直にそう答えた。しかしレイカは例によって話し半分に聞くという調子で受け流し、むしろ僕の無防備ないい方を実のない気紛れだと嗤うように、

「Kさん、可愛いことゆうんやね。でも、びっくりしたでしょう、こんな

レズバーみたいな店で」

と話の方向を変えていう。

「びっくりした。今のオンナ客なんか、男の僕でも犯されそうやった」

「自分でデザイン会社を経営してはる人なんよ。来たらいつも私に寝よう、寝ようって誘いはるねん」

「それで寝た？」

「まさか。でも、どっちも酔うてるし、何かやっぱり変な気分になって来ることはあるわ。必死で断っても、それでもやっぱり次に来た時も同じようにいわはるんよ。ゆうて楽しんでるんでしょうね。私、いつもあのお客さん帰った後、ぐったり疲れしてしまうんよ」

オンナを好むオンナの性と情念というものはかほど執拗なものなのか、レイカはまるでオンナ社長に言葉だけで犯されたとでもいうように、情事の残り香のような仄かに欲情の匂いの交じった気怠い雰囲気を身にまとっていた。僕はさっき見た逞しいオンナ客に華奢なレイカが愛撫されている様子を妄想し、一瞬、まだ見ていないレイカの裸体を初めにそんなシチュエーションで見るのも悪くない、とアルコール漬けの欲情を覚えた。

レイカはそれから、低い声でとりとめない話をしながら薄い水割りを舐めるようにしている。酒は好きな筈だが、店の中ではあまり呑まないようにしているのだろう。僕ももうこんな店に長居は無用という気分になっており、そろそろレイカもあがる頃だろうし、例のマスターのやっているオールナイトのスナックへでもいって呑み直そうといった。レイカはもうちょっと居てくれたら一緒に出られる、どこへでもいくといい、きょうは来てくれて本当に感謝していると弁解するようにいう。

店を出たのはそれから十分ほどして、ようやく十二時になったのをレイカが僕の腕をとって腕時計で几帳面に確認してからだった。レイカはこの店は月、水、金の非常勤（ヘルプ）、つまりアルバイトで、月と水は十一時あがりだが、金曜日は明日は会社が休みなので十二時までの契約をしており、混み具合によるともっと遅くなることもあるのだという。

レイカがロッカーにバッグを取りにいっている間にやや高いような気のしないでもない支払いを現金でさっさと済ませ、浅薄な作り笑いのマネージャー格の男に愛想よく見送られながら、まるで人質を敵地から取り返すようにレイカと一緒に店を出、エレベーターで一階に降りる。オレンジのキャミソールにアップの赤い髪のレイカと腕を組んでエレベーターに乗っていると、まるで旅先でいかがわしい娼婦でも買ったような妙な気になる。

ビルを出ると、天神祭りも終っていよいよ一年で最も軽佻浮薄になり遊び心をそそられる夏本番の、しかも週末の零時すぎの新地は、不況とはいいながら、そろそろ帰途につく酔っ払いの古典的な社用族…もうこの時節では斜陽族といった方がふさわしいかも知れないが…や、これからいよいよカラオケタイムも本番だというような、一昔前には決して見ることのなかった入社数年の若いガキどもで溢れ、まるでクリスマスさながらの狂ったような賑わいを見せていた。

最近は、新地でも歴史のある高級クラブが次々と閉店し、代わりにこのビルのような若いサラリーマン連中が仲間同志で冷やかすような安直な店が雨後の竹の子のように乱立し、そうなればまたそこに親爺連中もいき、結構人出だけは多くなっていたのだった。

「何かお祭りみたいやね」

とレイカが店からようやく解放された心弾みも加わって浮かれた調子でいう。

「明日はいやな会社もお休みや」

レイカは小学生のように幼稚な口調で僕に甘えるようにそういい、腕を組んで香料の匂いのきつい頭を僕の肩に凭せかける。

「Kさん」

「何？」

「Kさん、この前、ご飯食べにいった時、急に帰ったでしょう」

「そうやったかな」

「そうよ。ウチ、Kさんが怒ったのかと思て、びっくりしたんやから」

「……」

「さよならゆうてから、ひょっとしたらKさんが追いかけて来るかなと思て、何回も後ろ振り返ったのに」

さほど呑んでいる様子もなかったが、レイカはまるで酔っているようにそういって僕にからみ出す。僕に凭れかかって来る細い肢体からオンナの甘い体臭が立ち込め、僕の官能をくすぐる。僕は初めから、今夜は欲情のままに動こうと決めていた。レイカの肩を抱いている腕に意志的に力を込め、遅れ毛が白い頬を撫でているレイカの顔が僕を振り向くと、僕はその唇の端に素早くキスした。レイカはあっと小さな叫びを漏らし、次の瞬間にはふっと目を閉じた。いよいよその夜が来た、と僕は感じた。もう先に延ばすことはない。蒼い炎のような情欲の空気が僕たちの全身をすっぽりと包み込み、僕たちはそのまま何の言葉も交わさず、まるで自分のねぐらに帰るように、ごく自然にシェラトンホテルの回転扉を潜り抜けていた。

午前零時のシェラトンのロビーは、大人にのみ許された社交場だった。客とホステス以上の関係になった客とホステスの愛の囁きや、罵り声や、別れ話や、掴み合いの諍いを見て見ぬ振りをし聞いて聞かぬ振りをしながら日々を過ごしているダークスーツの美人のフロント係りがまるで全能の菩薩のようにカウンターに立ち、予約もなしにいきなりダブルのルームを尋ねる僕にごく当り前のように応対し、愛想よくキイを渡す。

「どうぞごゆっくりお寝み下さいませ」

幾多の情事をそういって送り出した物慣れた口調で彼女はいい、僕もまったく当り前のように「ありがとう」と礼をいってエレベーターに向かった。

部屋は十三階だった。ルームに入りドアを閉めると、レイカは人が変ったように激しく僕に武者振りついて来た。孤独のせいで化石のようになっていたレイカの激情がようやく溶け出したというようにレイカは僕に抱きつき、僕の顔を見上げて、

「抱いて、抱いて、抱いて」

と何回も叫んだ。叫びながらレイカは涙をいっぱい溢れさせて泣いているのだった。

「今夜だけでもええから抱いて」

僕にはレイカのこの激情が、僕に対する愛情というより孤独から逃れたい一心であることがはっきりわかっていた。それは僕もそうだからだった。

僕は、生きている限り常に襲いかかって来る孤独から何とか逃れるため、酒を飲み、オンナを抱く。それは正確にいうと酒を飲み、オンナを抱いて

いるわけじゃない。酒とオンナにすがりついているのだった。たまに気の合う仲間たちと楽しく飲んでいる時でさえ、孤独は音もなく後ろから忍び寄って来る。唯一、孤独のわずかに慰められるのは、レイカのような自分と同じような孤独な人間を発見した時だけだった。レイカと一緒にいると、レイカの肢体から発散する孤独のオーラが逆に僕を慰めてくれるのだった。

僕は照明をつけたままレイカを全裸にし、その細い肢体だけがこの世界の拠りどころだというように、レイカの薄く透き通るような白い肌を貪るように抱いた。僕がレイカの小さな胸を愛撫しながら薄い色の乳首を吸うと、レイカは切なそうに喘ぎ、

「歯を立てて。痛くして」

といった。レイカのいうとおりにすると、

「もっと。もっと痛く。もっと痛くして」

と常軌を逸したように泣いて叫ぶ。

「血の出るぐらい噛んで。血が見たいの」

僕は少しきつくレイカの可憐な乳首を噛んだが、もちろん本当に血の出

るまでは怖くて噛めなかった。それでもレイカは僕の頭を両手で抱え、

「ああ、気持ちいい。気持ちいい」

と悶え、嬉しくてたまらないというように肢体をくねらせ、

「気持ちいい。もっと噛んで」

と叫ぶ。僕はアルコールがレイカを狂わせたのかと少し不安になって尋ねる。

「レイカ、痛ないか」

「痛いと気持ちいいの。もっとめちゃくちゃに噛んで。私を虐めて」

「虐めてほしいか」

「虐めて。お願い」

　僕はレイカが孤独を忘れるために痛みを求めているのだという気がした。僕から責めを受けることによって僕とのつながりを確認し、孤独の呪縛からひととき解き放たれるのだという気がした。僕はレイカが可哀そうで愛しくてたまらなくなり、思わずレイカの細い肢体を強く抱きしめ、少しでも隙間を作ると二人の間に孤独が入り込んでしまうような気がし、汗

まみれの僕の全身をレイカの透き通る蚕のような裸に密着させた。

「レイカ、好きや」

レイカを抱いたまま愛撫するように耳もとで囁き、レイカの色の薄い唇を吸おうとした途端、レイカは一瞬息を大きく吸い込み、まるで侮辱されたとでもいうように僕を睨みつけた。

「今、何てゆうたん」

急に猜疑心に満ちたとげのある固い口調になってレイカが尋ねた。

「好キヤ。愛シテル」

僕は愚かしくそう繰り返したが、その無責任な言葉はまるで外国語の呪文のように実体のない装飾音符になって僕の耳の底に空しく響いた。僕は心の中で自分を嘲笑した。

愛してる？臆面もなく何をいい出すんや？そんなこと、ホテルへ入った時ゆおと思てたか？……ただ、独りぼっちの寂しいオンナを見て、自分より孤独な人間がおるとわかって安心してるだけやないのか？第一、おまえが今まで愛なんか信じたことがあったんか？いつもみたいにただ気イを紛らわすためにオンナを抱きたいだけやないのか？……

　そんな僕の心の声を反射したように、レイカが全身に敵意を込めて叫んだ。

「嘘つき！Kさん、嘘ついてる。私のこと好きやて、嘘や。嘘や。大嘘や」

レイカは僕の腕を掴み、まるで汚い物のように自分の肌から離そうとしながら一息にそういい放ち、深い悲しみを吐き出しすべての他者を拒否する警告信号のような長い溜め息をついた。

「嘘やない。ほんまや。何で信じへんねん。何でそんなことゆうねん」

　僕はレイカの豹変に戸惑い、その場を取り繕おうとして自分でも自分の言葉が嘘か真実かわからないままにそういった。その間も僕の心の底では、レイカのゆうとおりや、おまえの嘘は見破られたんや、という自嘲の声が鳴り響いているのだった。レイカは僕を睨み、まるで親の仇に向かうようにいう。

「そうかて私、そんなことゆわれたことないもん。Kさん、きっと私を馬鹿にしてるんや。私のことあほやと思てからこうてるんや。馬鹿にしくさって」

　僕はそれは違うと抗弁しようとしたが、どんな言葉を用いてもかたくななレイカの気持ちを和らげることは出来ないとあきらめ、無言のまま力なくただ首を振って否定した。

　なす術もなくじっとレイカの顔を見ているうち、次第に自分でも説明のつかない深い悲しみが奥底からこみあげて来る。さっきの僕自身の言葉の真偽は自分でもわからなかったが、この悲しみは嘘偽りのない真実の感情だった。

「Kさん。ごめんなさい」

　長い沈黙の後、ようやく平静を取り戻したレイカが力なく呟いた。

「私、今何をゆうたんやろ。Kさんが私を騙すはずないのに。私、今、気イ狂てた。取り返しのつかへんことゆうてしもた。私、気イ狂てた」

　レイカは全裸のままベッドに両手をついてうなだれ、年寄りの繰り言のように綿々と訴える。

「Kさん、許して。私、そんなこと、ゆわれたこと、ないから、わけが、わからんようになって……」

何回も言葉を途切らせながらレイカは弁解するようにようやくそれだけいい、後は言葉にならず悲しげに泣き続けた。僕はそんなレイカを見て、あらためて彼女の絶望的な孤独の深みを覗いたような気がした。長い間独りぼっちで生きて来たレイカは他者に対して何ものも期待せぬ習い性がついてしまっていて、さっきの僕の言葉を聞いた時にどう対処していいかわからず、まるで角に触れられたカタツムリが素早く殻に隠れるように自己防衛のため反射的に固く僕を拒否してしまったのかも知れない。

他者を信じないレイカにとっての愛という概念は、性器の挿入に象徴される一体感や安心感ではなく、噛まれたり抓られたりという被虐的で自暴自棄な快楽による自己憐憫という形でしか存在し得ないのかも知れない。僕にはとてもさっきレイカの要求したような悲しいセックスは出来そうになかった。

「ごめん、Kさん、堪忍して。私を殴って。殺してくれてもええ」

レイカは突然そう叫んで僕の手首を握り、まるで昔のオンナが喉を突いて自害でもするように僕の手で自分の顔を思い切り殴ろうとした。それは傍目には茶番めいた滑稽な仕草だったが、レイカは渾身の力を込めており、その細い指を離すのに男の僕が本気にならなくてはいけないほどだった。

「あほなことするな」

僕はようやくレイカの指を離しながら息を荒くしていい、僕の気持ちを伝えるには言葉でなくこうする以外にないと思い、華奢な肢体が折れてしまうほど強くレイカを抱きしめた。僕の気持ちをレイカの中にねじ込もうとするかのように唇を強く吸い、そのまま舌を奥深く入れた。レイカは素直に僕の舌を受け、涙を流しながら貪るように逆に自分から僕の舌を吸い返す。僕たちは顔中をお互いの唾液と汗と涙だらけにしながら、まるで口が独立した生殖器になったようにお互いの舌と舌をからませ合った。愛を語る言葉はなく、その代りに口を吸い合う猥褻な音だけがルームに響き渡り、その乾いた音は僕たちの孤独な心の琴線に不協和に共鳴していた。

僕はレイカと舌をからませたまま、壊れ物を扱うようにそっとレイカをベッドに仰向けに寝かせ、レイカの肉の薄い下腹部と股間の感触を確かめ、時間をかけてゆるやかに愛撫してから正常位で深く挿入し、処女を相手にするように静かにゆっくりと腰を動かした。それは性器の粘膜の快感よりも精神的な繋がりや安心感をレイカに与えたいと願ったからだった。しばらくの間レイカは僕の言葉を受け入れていいかどうか迷うように体を堅くし、下からすがるような目で僕の顔を見上げていたが、やがて観念したようにに目を閉じ、甘いため息を漏らしながら官能に身を委ね、自分からゆっくりと腰を前後に動かし始めた。レイカの華奢な肢体は僕の体の下にすっぽり入り込んでいた。レイカの閉じた両目尻から一筋の綺麗な涙がシーツにこぼれ落ちた。レイカはあるかなきかのか細い声を漏らして忍び泣きしていた。

「どうしたんや」

僕は片腕を回せば足りるようなレイカの華奢な体を包むように抱きながら、動きを止めずに尋ねた。

「嬉しいん」

暫くの沈黙の後、レイカは目を閉じたままそう答えた。僕はようやくレイカの心が僕を受け入れてくれたと思い、レイカの体中に僕の痕跡をはっきりと残そうとするようにレイカの肩や胸元に処構わず唇を押しつけて吸い、紅いキスマークを幾つも創りながら次第に腰の動きを速めていった。レイカは僕の背中に手を回して僕をしっかり抱きしめ、僕の動きに呼応するように高く小刻みに悦楽の声をあげる。

「気持ちいい？」

汗と涙に濡れ、後れ毛のまとわりついたレイカの耳元に口をつけて僕は尋ねた。

「気持ちいい、いい、いい」

レイカは目を閉じたままそう答える。僕はレイカを抱きしめたまま、僕の性器でレイカの孤独を刺し貫いてしまおうとするように腰をいよいよ激しく動かす。レイカは僕の腰の一突きごとに、それまで押さえつけていたすべての感情を解き放つような大声をあげ、最後は、夜の底に浸み通るような長く切ない喘ぎ声をあげてオーガズムに達して果てた。レイカとほとんど同時に、僕もレイカの中に思い切り射精し、魂をきしませ合うような激しい情事が終った。僕は薔薇色の性夢を見て夢精した少年のように、そのまま深い眠りに落ちていった。

僕が目覚めた時は、もう夜明けだった。

隣を見ると、レイカがあどけない顔で静かな寝息をたててまだ眠っていた。こんなに綺麗なオンナの寝顔を見たことはない、と僕はしみじみ思った。レイカの眠りを妨げないようにそっと起き出し、重いカーテンを少し開けて窓外を眺めると、中之島の大阪市庁舎と中央公会堂が純潔な初夏の朝日を浴びてまぶしく照り映えていた。大阪には珍しい深い紺青の空が広がり、真っ白な入道雲が無尽の生命力を予感させるように湧出していた。

僕は夢を見ているような満ち足りた幸福な気分だった。

ふと喉の渇きを覚え、冷蔵庫を開けて缶入りのジントニックを取り出し、缶のまま一気に半分ほど飲む。よく冷えており、さっぱりしたライムの味が頭をしゃきっとさせた。

僕は昨日まで僕を絶えず襲っていた孤独が、いつのまにか嘘のようにどこか遠くへ去っていくのを感じていた。底無しに空虚だった僕の心は、今朝はレイカによって満たされていた。思えば、僕が最初にレイカに興味を持ったのは、レイカが寂しそうなオンナに見えたからだった。僕は自分の同類を見つけたような気がし、レイカに近づいていった。そんな僕に、レイカは初めから、自分の孤独をありのまま隠さずにさらけ出して来た。僕はレイカが自分の孤独と真っ向から対峙しているのを感じた。むしろ、孤独を受け入れているようにも見えた。それはレイカの送って来た長い孤独な時間の中で自然に生れ、醸成されていった諦念なのかも知れなかった。だが、僕はそこに深い共感と、畏敬の念と、ある種の神々しささえ覚えたのだった。

人はだれも皆孤独と戦っている。あの陽気なホステスのユカリでさえ、時折、普段のあのオンナからは想像できないほど深い孤独感に襲われて落ち込む癖がある。僕が初めてユカリを見た時、ユカリはあのオールナイトのスナックで、襲いかかる孤独を深い酔いと疲労とでごまかすために、明らかに自暴自棄に飲み、騒ぎ、はしゃいでいたのだった。それは職業上のきついストレスのせいなのか、或いは恵まれぬ生い立ちによるトラウマなのか、いまだに僕は知らない。しかし僕はユカリに自分と同じ匂いを嗅ぎとり、それ以来、お互いに傷を舐め合うような付き合いを続けているというわけだった。そんなユカリとの馬鹿騒ぎでもごまかせなかった僕の孤独は、今、レイカによって癒されたのだった。

僕はレイカの寝顔を飽きもせず眺めている。カーテンを開け放った窓から射し込む初夏の朝日が徐々に輝きを増し、床の真紅の絨毯を焦がし始めた頃、レイカは寝返りをひとつうってようやく目を覚ました。一瞬、自分がどこにいるのかわからず戸惑ったような表情を見せたが、僕の顔を見つけると安心したように微笑んだ。

「おはよう。気持ちよさそうによお寝てたで」

僕がからかうと、

「いややわ、Ｋさん。ずっと寝顔見てたん？　恥ずかしいわ」

とレイカはブランケットで胸を隠してベッドから上半身を起こしながらいった。レイカは情事の後、全裸のまま眠っていたのだった。寝乱れて頬にかかって来る髪の毛を細い腕で払いながら、

「こんな格好で寝てしもた」

と我ながら呆れたというように明るく呟く。レイカの透き通るような胸元には鎖骨が色っぽく浮いており、昨夜僕がつけたキスマークが鮮やかに残っている。

「私も欲しい。飲ませて」

レイカは僕が持っているジントニックを指さし、不器用に媚びを見せてねだった。それはジントニックが欲しいというより、明らかに口実なのだった。僕は微笑んで頷き、まだじゅうぶん冷えているジントニックを僕の口に含み、ベッドに腰をかけてレイカを抱きながら口うつしで飲ませてやった。

レイカの白い喉をジントニックが通っていくのが見え、一筋レイカの唇の端からこぼれて細い首筋を伝って流れ落ちていった。僕は舌を堅く立ててそれをゆっくり舐めた。レイカは一瞬油断していたというように小さな喘ぎ声を漏らし、

「Kさん、Hやねえ」

と笑う。

「どっちが」

僕は短くいい返す。レイカは、昨夜の自分の乱れ振りをからかわれたのか、という表情で僕を甘く睨み、

「あほ」

と低くいう。それはそんなことのいえる親しい相手の出来たのが嬉しくてたまらないという感情が素直にこぼれ落ちたような、無防備ないい方だった。レイカもやはり昨日までのレイカと変ったのだ、と僕は思い、嬉しくなった。

寂しい男と寂しいオンナが、酔ったまぎれに肉体関係を持つことはよくある。しかし、寂しい心を結びつけるのは、性器を合わせるほど簡単ではない。大抵の場合、朝になる頃には昨夜の情事はまるでグラスを合わせて乾杯したほどの思い出でしかないし、体を合わせれば合わせるほど孤独がいっそう募っていくことさえある。

愛のあるセックス、僕たちは昨夜、奇跡のようにそれに成功したのだ

……。

僕は心の中で、ジャリ向けの学習雑誌に出て来るようなそんな陳腐な単語を呟き、一方では、柄にもなく感傷に浸っている自分を自分でおかしがってもいた。僕たちは空腹を覚え、満ち足りた気分でゆっくり身づくろいをしてルームを出、朝食を摂りに二階のカフェラウンジに降りていった。

朝食はお決まりのバイキングだったが、店内に漂う焼きたてのクロワッサンのいい匂いが僕たちの食欲をそそった。レイカは大皿にベーコンやスクランブルエッグをたっぷりよそい、華奢な体に似合わぬ旺盛な食欲でそれを順番に平らげていった。呆れている僕の方を見てレイカは悪戯っぽく、普段はコーヒー一杯で会社に出かけるから朝食なんて何年も食べたことがない、といって笑う。

「そのわりにはよう食うやないか」

クロワッサンにバターをたっぷり塗り、カリカリのベーコンを口いっぱいに頬ばっているレイカにそういってからかうと、レイカは昨日までの孤独な横顔とは別人のような艶のいい頬をわざと膨らませ、

「そうかて、何年分やもん」

と返し、ほどけたような表情で嬉しそうに笑った。僕はレイカの笑顔を見て思わず調子に乗って口走る。

「これから二人で一緒に朝飯を食べる生活ゆうのはどうや？」

いいながら僕は例によって、本気か嘘か自分でもわかってない癖に、この救いようのない嘘つきめ、と心で自嘲している。僕がそういった瞬間レイカのフォークが止まったが、

「そうやね。ええかもね」

と今朝は夕べのように激昂することもなく軽く躱し、レイカは静かに笑ってサラダを食べ続けている。他人を拒んでいたレイカの鎧が一枚外れ、僕の言葉を好意的な冗談として受け止めているようだった。しかし僕はレイカが僕の言葉を上手くいなしたことによって、逆に自分の言葉の残像に囚われ、更にしつこくいい募ってしまう。

「嘘やない。結婚してくれとまではいわん。しばらく一緒に暮らして見いへんか。無理ならいつでもやめたらええ」

レイカはフォークを持ったまま、俯いてやはりただ笑っている。

「何がおかしいねん」

僕がやや鼻白んでいうと、レイカはおかしくて堪らないというように、

「だって、Kさん、傑作やもん。私のことからこうて、そんなことゆうて」

「からかうて？」

「だって、Kさん、奥さんいてはるんでしょ？当然」

レイカは一瞬目に冷たい光を放ち、しかし静かにそういった。

「いや。独りもんや。幸か不幸か」

僕はようやくレイカの笑いの意味がわかり、ウインナーを頬張りながら答えた。

「本当？」

「ほんまや。昔結婚してたけどすぐ別れて、それからはずっと独りもんや」

「へえ、知らんかった」

レイカは拍子抜けしたようにそういってフォークをテーブルに置き、感心したように呟く。

「そうかあ。Ｋさん、シングルかあ」

「そや。そやから、結婚しょうと思たら、いつでも出来る」

「そしたら、それはやばいかも」

「何で？」

「だって、私まだ信じられんもん」

「俺が？」

「そうじゃなくて、自分が。自分が信じられへん」

レイカは冷たい自嘲の響きを込めてそういい、まるで初めて会ったスナックにいた釣り好きのラーメン屋の大将を見るように、ほんのゆきずりの知人を見る目で僕を見た。僕は言葉を失ってレイカの顔を見直した。レイカは少しいいすぎたと慌てたように、

「違うねん、気イ悪くせんといて。自分でもいやになることあるから、自分に。Ｋさんがこんな私と一緒に我慢して住めるわけないよ、てゆう意味」と弁解し、謝るように頭を一つ下げた。僕は肩透かしを食ったような、しかし同時に何となくほっとしたような微妙な気持ちで再びフォークを動か

す。第一、さっき僕のいった言葉がどれだけ本気かどうか、例によって自分でもわかっていなかった。せいぜい今朝のバイキングの調味料といったところが関の山で、それ以上の覚悟があって口にした台詞ではなかったし、実際にレイカと同棲している自分など想像も出来なかった。

「また電話する。盆休みに一回旅行にでもいこう」

僕はコーヒーを飲み干し、伝票を持って立上がりながらそういった。レイカは笑ってうなずき、ハンドバッグを持って立ち上がった。レイカの心の奥底の痛みや悲しみなど僕にはわかる筈はなかった。レイカの気持ちどころか、僕には自分の明日の気持ちさえ、いや五分後の気持ちさえわからないのだ。ただわかっているのは、こんなに平和で満ち足りた気分は、きっと長続きしないだろうということだけだった。

ガラス張りの店内からふと外を見ると、いつのまにか、宴の終りを告げるような朝の雨が降り始めていた。

新地の秋

ママのアキコの好きなザ・バンドやジョニ・ミッチェルの古風なロックのCDが低く流れる中で、アルバイトホステスのリョウがさっきから、いかにも危なっかしい手つきでアイスピックを使って一生懸命氷を割っている。力の入れ具合がわからないので、不器用に割るたびに辺りに氷の破片が飛び散り、それが順番に溶け出して小さな水溜りがシンク廻りにあちこち点在しているのが、カウンター越しに僕の目に映る。

昼間医療看護の専門学校に通っているリョウは、初め週二回のバイトという約束で、三月ほど前から新地の南外れのこのスナックで働き始めたのだが、水商売が性に合ったのか、それともおっとりした優しいアキコと気が合うのか、今ではほぼ毎日のように東梅田にある学校の帰りにTシャツとGパンでそのままやって来て、カウンターの脇の畳半分ほどの広さの厨房でキャミソールに着替えて店に出ている。

別にアキコのお仕着せでなく本人が好きで着ているという原色のハイビスカス柄の「ココルル」のキャミソールからすらりと伸びたリョウの小麦色の腕が、氷を割る度に僕の目の前に上下に躍動する。よく灼けたその肌は、はたちの輝きに満ちている。

百七十センチという長身の、どことなく茫洋としたリョウが氷を割っている様は、本人はきわめて真剣なのに、端から見ているとまるで大きな子供が砂遊びでもしているように悠長に映る。なかなか均等な大きさにうまく割れない氷に僕が思わず笑うと、リョウは額にかかって来るワンレングスのみごとに漆黒の艶やかな長い髪をうるさげに掻きあげながら不満気に頬を膨らませ、

「Kさん、何がおかしいのん？」

とカウンターで飲んでいる僕を正面から見て詰問するようにいう。

「いや、一生懸命働いてるんやなと思て」

僕がそういって茶化すと、リョウは仕返ししてやるというように、

「そうよ。私一生懸命働いてるんやから、Kさんも一生懸命飲んで下さい」

と澄ましていい、なくなりかけたオールドパーの水割りのお代りをわざと濃い目に作って、僕の前のコースターに音を立てて置く。

リョウは今はやりの派手な顔立ちではないが、古風なうりざね顔のなか

なかの美形で、人をまともに見つめる不思議な目つきに独特な魅力がある。まるで上の空のような表情を浮かべながらごく自然に客の話に相槌を打ち、実は案外それなりにちゃんと受け答えもしている。それどころか、ちょっとからかってやると今の僕のように思わぬ反撃を食らうこともあり、そこが又こまっしゃくれた子供のように妙に可愛く、祖父ほども年の離れた年輩の客に気に入られることもしばしばあるのだった。

俺とまったく一世代違うわけやな……。

と僕は三十八にもなった自分の年に改めて憮然としながら、リョウの肢体ののどの部分も、「若さ」という感動するほど美しい細胞に満ちていると驚異の目で見とれている。それはアキコの胸元を見る時のようにほのかな恋心といいささか欲情の交じった複雑な目線ではなく、純粋に美しいイキモノとして、ただ観賞しているのだった。

そんな感慨は僕と同い年の「気好(よ)し」（好人物）のアキコも同じらしく、

「私から見たらまったく別の人種みたい。お客さんを怒らせへんか思てひやひやしてたら逆に喜ばれたりして、次の場面がまったく予測つかへんの。

毎日がスリルやわ。でも、ほんま、若いって綺麗やわねえ。私もあんなんやったんかしら」

とさほど気にしていそうな様子もなく、のんびりと笑う。

アキコとは、僕はもう十年来の馴染みだった。柔らかそうなボリュームのある黒髪をふわりと優しくカールさせ、ややふっくらした頬にエクボを浮べている様はとても年相応にも見えず、初見の客からいつも何と若いママやなとからかわれたりしている。

僕が初めてアキコに会ったのは未だバブル華やかなりし頃だったから、その時はお互いにまだ三十前だった筈だが、その頃から彼女にはどこか浮き世離れしたところがあった。その当時、この街の誰しも、店も客も皆仇な花見酒に酔い痴れ、無限に続くかのように次々と押し寄せる泡沫(うたかた)の大波にただもうとめどもなく押し流されていた。そんな時代に知り合ったアキコは、まるでそよ風に吹かれながら騒々しい浮き世の川を岸辺から眺めているすすきの穂のように欲得を超越したような優しげな微笑みをいつも浮べており、それがその当時新地で飲んでいたすべての社用族同様に日々営業ノルマに追われ、金儲けに明け暮れて荒んでいた僕にとても魅力的に映ったのだった。

僕とアキコとはもともと、客とホステスとして出会ったのではない。その頃僕が接待の終った後など気分直しに一人でよくいっていたオールナイトのスナックである晩たまたま隣同士に座り合せ、口は悪いが気の好いそこのマスターに、

「お互い独りで飲んでるのも寂しいやろ」

といって紹介されたのがきっかけだった。

そんなマスターのやり方は、ある意味では水商売のルール違反だった。せっかく寛いでひとり飲んでいるのに、いらぬ親切よけいなお節介だと思う客も少なくないからだ。特に仕事の終ったホステスは尚更そんな感じのオンナが多かった。しかしマスターは生れついての水商売人で、その時はアキコも僕も何となく人恋しそうな匂いだったのを敏感に見て取っていたのだった。

「あの時、不思議なことに、決してハンサムでないKさんがなぜかとても

ハンサムに見えてねえ」

とアキコは想い出話がそこに及ぶと、いつも決まってお笑いのネタのようにそういって笑う。

「酔うてたからとちゃうか」

お約束のように僕が茶化すと、

「酔うてたらちゃんと見えるんやけどね」

と軽くいなして又笑っている。

アキコは二、三年前に自分で店を持つようになってから、その人の好さもあって従業員のホステスを甘やかし、その揚げ句、何人かに裏切られたりいろいろ苦労もしていた。もともと人を使うには自分の甘ちゃんなことを知っているから、中習いというか小ママクラスのしっかりしたホステスを今まで選って使って来たのだが、それが逆に思惑違いで、ホステスに気を遣いすぎたために却ってぎくしゃくしたり、また摩擦の起こるもとになったりしたことが何回かあったのだった。

ところがいっそここまで素人素人したリョウを相手にしていると、まるで母親が赤子に乳の飲み方を教えるように、それこそ手とり足とりして接客のイロハを教えなければならないものだから、力まず肩肘張らずに注意したり指示したり出来るのだろう、リョウが来るようになってから、アキコは急にママらしくなって来たようだった。

僕がそういってからかうと、

「ママがホステスを育てるんと違て、ホステスがママを育てるんやな」

「もお、Ｋさん」

と怒りかけ、途中から思わずふき出して、

「ほんま、そう」

と人ごとのように同感している。

僕がアキコの店にいくのは、うんと早い時間か、さもなくばうんと晩い時間か両極端だった。この頃僕はどちらかといえば早い時間に一杯飲み、十時頃にはもう新地の隣町にあるねぐらに帰って、六代目松鶴の落語でも聞きながら独り寝するのが習慣になっていた。僕の住むワンルームマンションはちょうど淀川を挟んで新地の真向いにあり、酔って帰ってベランダに涼みに出ると、夜風に廻る赤い風車のようなＨＥＰの観覧車や、パウンドケーキのように真っ白なホテル・リッツカールトンが綺麗に望め、梅田全体が遊園地のように巨大な赤い靄の中に浮び上って見えるのだった。

今に僕はそんな風景を肴に一人で飲むようになるのだろう、と僕はこの頃ふと思う。僕はいささか遊び疲れ、生き疲れてもいた。

今夜こうやってリョウをからかっているのは未だ七時すぎ、開店したのかどうかわからない曖昧な時間で、リョウはいわば仕込みをしている最中だった。アキコはたまたま知り合いのギターの先生が斜め向いでラウンジをオープンしたので、ゲンつけにちょっと顔を出して来るからよろしくねと、僕をリョウに任したのか、それともリョウを僕に任したのかよくわからない挨拶をして十分ほど前に出ていった。他にもちろんまだ客もなく、僕は自分の部屋で飲んでいるように気楽に飲んでいたのだった。

「ねえＫさん」

リョウがままごとのように紙を敷いてチョコレートやラムネを並べたチャームを何皿か用意しながら、ふと思い出したようにいう。

「え、何？」

　僕は梅田の美しい夜景を見ているような気分でリョウというひとつの景色を見ながら飲んでいたと気づき、急にそう話しかけられてやや面食らって返す。

「Kさんて、ママの彼氏なんですか」

　リョウは何ごころもないというふうにさらりと聞く。そんなことを堂々と聞くのもいかにもリョウらしい大胆さで、僕は男とオンナのことなんか聞くもんやないと怒るのも忘れ、愉快な不意打ちに思わずニヤニヤしてしまう。

「リョウはどう思うねん」

「彼氏にしては親しすぎるみたいやし」

　時々リョウは極めて幼稚な言い回しで極めて深い洞察力に富んだ警句を吐く。

「どういう意味やねん」

「だって大人の男と女の愛人関係って、もっと卑猥でネチネチしてそう。

んやもん」

でもママとKさんて、まるで一緒に喋りもって下校してる高校生みたいな
僕はリョウの観察に思わず感心していう。

「そうか、仲よすぎて親しすぎて色気ないか」

「どうなんかなあ。大人のことはわからへんけどね」

僕はリョウのバランス感覚に富んだ天性の怜利さに感服し、まったくホステスらしくないリョウの不思議な接客術と存在感とを、早すぎる酔いとともに心地よく味わわされる。

ふと、リョウの世代の恋愛観はどうなっているのか好奇心に駆られ、この不思議な少女に尋ねてみる気になる。

「リョウは彼氏とはどんな感じや」

「私らの場合は、皆、そんなにベタベタしないですよ」

リョウはいともあっけらかんと答えた。

「いえば、女どうしの連れとおんなじような感じ。そんなに男を感じる子なんていてないもん。皆でスキーいって、一緒に雑魚寝したりしますよ」

僕はリョウとそのボーイフレンドの関係を、まるで異星人の生態を調査するような興味で聞いていた。そういえばどこかで最近読んだコラムに、ある期間戦争が起こらないと男は中性化するとあった。また別に読んだ記事で、生物の種が衰退し始めるとオスがメス化するともあった。若いあんちゃんがピアスや化粧をしているのがそれだと賢しらに能書きをぶつ気はないが、なるほど「力」の必要性のなくなった今の日本においては「美」が至高の価値を持つようになるのもむべなるかなという気がする。

間もなく、アキコが賑やかに帰って来た。

「ああ、暑い暑い。いつまでも暑いわねえ。リョウちゃん、クーラーちょっと強うして」

今夜は珍しく着物姿のアキコは帰るなり扇子を使いながら僕に向い、わざと僕に尋ねる。

「Kさん、ごめん。何か店に変わったことありませんでした？」

「誰に聞いてるねん」

水割りのグラスを持ったまま僕は苦笑して返し、カウンターの中でリョウが殊更に口をとがらせ自分を指さして不服そうにいう。

「ママ、そういうことは私に聞いてよ」

アキコは微笑んで僕の横のスツールに並んで座りながら、

「リョウちゃんよりKさんの方が確かやからねえ」

と軽く返し、まるで下稽古でもしていたような三人の掛合いの息の絶妙さに、僕たちは自分で大笑いする。

しかし、そういいながらも、アキコは内心リョウに感謝しているのだった。というのは、リョウが店を手伝うようになってから、とみに若い客が増えて来ていたからだった。以前からのアキコの固定客はといえば、なぜかというべきか当然というべきか僕よりずっと年上のオヤジたちの年代層が比較的多かったのだが、最近ではオヤジたちに連れられて来た部下の青年連中が新しくリョウの贔屓筋になっており、彼等は次から自分たち同士で飲みに来たりするのだった。

青年たちのグループの席にリョウがつくと、三十分後にはもうまるで自分も初めからその仲間だったかのように自然に、しかも巧みに溶け込んでいる。リョウはそんな親しみ易い雰囲気を生れついて備えており、時には青年連中の中の腰軽な一人が水割り作り役に回り、リョウが客側の席に座っていることさえある。それがまったく不自然ではなく、それどころか逆に場を盛り上げているという、まさに天性の能力としかいいようのない才能を持っていたのだった。

そんなホステスの定石を超えた不思議な接客をし、それが人気を呼んでいるのにアキコは気づいており、リョウという貴重な人材を得たことを喜んでいた。それにも増して何よりアキコが一番嬉しいことは、リョウの性格のよさだった。これは接客技術以前のことで、なおかつ技術より遥かに大事なことだとアキコは信じていた。

「新地のスナックというより、どこかのオートキャンプ場みたいやねえ。うちの店」

ボックスの若者グループとリョウを背にしてカウンターで一人飲んでいる僕に、アキコが他人ごとのようにそう耳打ちしたことがあり、僕はその的確な比喩に抱腹したものだった。

僕がそんな逸話を思い出していると、アキコも扇子を使いながらやはり同じようなことを考えていたのかふと真面目な顔になり、

「ねえKさん、私ら先輩やらママから厳しくホステスのルールやら接客のイロハを習たもんやけど、私はこの子らにそんなことめったに教えてないねん。何かこの子らにはそんな古臭いシキタリ、不似合いな気いがするの。それでええんやろかね」

と真剣に聞く。僕はそんなことを客である僕に聞くアキコがいじらしくなり、思わず励ますようにいってやる。

「大丈夫や。リョウは若い客から好かれてる。持って生まれた魅力と性格のよさや。生まれながらのホステスやな」

「そう、それならええけど…」

アキコはそれで安心したのか一転して悪戯っぽく僕の顔を見上げ、

「最近リョウちゃんも、お客さんにお食事に誘われたり、こないだなんか、旅行に誘われたりしたって悩んでたんよ」

とリョウに当然聞こえているのに、わざと内緒話のようにこっそりと秘密

めかしていう。

「へえ、それでママはどうゆうてん」

　僕は、意外さと、さもありなんという納得とを両方同時に感じながら聞き返す。

「恋愛は自由やからねえ。自分の好きにしなさいって」

　アキコはあっさりそういい放ち、自分もいつか通って来た道だというようにリョウを可愛げに見つめてころころ笑う。リョウは心外だというように大きく音を立てて氷を割り、あちこちにかけらを飛ばしながらむきになって反駁した。

「そうかて、私が断ってママに迷惑かけたら悪いいて思たんやもん。それでお客さん、来おへんようになったら困るもん」

「そんなこと関係ないの。それで怒るお客さんなら、来て貰わんでええ。私ら、からだ売ってるんやないんやから」

　アキコはどうやらこれを伝えたさにこの話題を持ち出したのだと僕は気づいた。二人の時に大真面目にいうのが照れ臭くてわざわざ僕がいる時に冗談まじりにいっている。いかにもアキコらしいシャイなやり方だった。

「ママ、カッコいい。パチパチ」

そんなアキコの気持ちを知ってか知らずか、リョウはそういって変幻自在に言葉のリズムを操ってアキコをすかす。僕はそんなリョウに魅力を感じながら、それでもリョウに恋も欲情も感じないのはなぜだろうとそんな下らないことを考えている。リョウの美しい肢体、可愛い表情、艶やかな髪、それらは単に僕の目を慰めるにすぎず、僕の恋心を騒がせることはないのだった。

茶化すリョウに対し、これだけは念を押しておこうというようにアキコが重ねていう。

「私らのお仕事はね、店に来てくれはったお客さまに、楽しく飲んで貰うことなんやからね。ねえ、Kさん」

「はい。そのとおりです。とても楽しいです」

「ママ、Kさんに無理やりいわしてる」

いつの間にかまた漫才のネタのように三人で息が合い、大笑いになった。

これでリョウはまた一つ学習し、アキコとまた一つ親しくなったのだろう。

八時頃、扉が開き、僕以外の最初の客が入って来た。まだ三十前のごくまっとうな営業マンといった感じの男で、今ふうのスーツを着こなし、元気に満ちた生意気ざかりの愛想のいい笑顔を見せている。

「ママ、ごぶさた」

青年はいかにも健やかそうにいった。見たところ新地に来るようになったのが楽しくてしかたがないといった年頃のようだった。アキコは満面の笑みを浮べて、

「いらっしゃいませ」

と迎え、リョウに合図しておいてボックスに案内した。リョウがボトルとアイスペールとミネラルをトレイに乗せ、カウンターから出て来て青年の横に座った。一瞬リョウが珍しくぎこちない笑顔を見せ、僕はふと、もしかしたらこの青年がリョウを旅行に誘っているのではないかという気がする。

「久し振りやないの。リョウも寂しがってたのよ」

自分より年下の客に対する時には、アキコは微妙にトーンを変えている。優しい年上の従姉のような接客をし、僕はいつもその仕草から突拍子もなく、なぜか獲物をいたぶる雌ライオンを連想してしまう。それは決していやな感じではなく、余裕をもって接しているという意味で、きっと実際にアキコに弟が二人いるということとも無関係ではないのだろうと思う。

「仕事が忙しいてね。なかなか来れへんかったんや」

若い男はそう答えるのが嬉しくてたまらないというような笑顔でいった。僕は仕事が忙しければ忙しいほど余計に毎晩のようにこの街に足繁く通ったバブルの頃の若かりし自分を思い出し、下らぬ優越感と深い自責の念を同時に覚えながら、この青年の可愛いさえずりを聞いている。

「お、リョウちゃん、可愛いなったやん」

青年はさもホステスなど扱い慣れているというように、リョウにそんなべんちゃらをいう。最初少しぎこちない様子を見せていたリョウは、むしろそれでエンジンがかかって来たというように、

「前からですよ。今頃なあにいってんだか」

と余裕のある返しで応じている。青年はリョウの言葉を聞きほとんどヒステリックに大声で笑い、リョウに惚れていることをあからさまに周りに悟らせる。

アキコはとりあえず若い客はリョウに任せておこうというように僕の横に座り直し、マッチを擦ってケントにゆっくり火を点けながら、

「ねえ、Kさん」

とこれは本当に内緒話だというように僕の耳に口を点けて囁いて来た。

「はい、何でしょう」

僕はある予感を抱いてわざとおどけて答える。

「若い人たちより、私らこそ旅行にいきましょうよ。ゆっくり近場の温泉にでも漬って骨休めしたいわ」

僕の目の前には猫のように奥深いアキコの目が微かに欲情を湛えて濡れて輝いていた。アキコは酔いに紛らせて本音をいっているとわからせるようにじっと僕を見つめた。僕はその目を見返しているうちにアキコを抱きたいと欲情し、内緒話を返す振りをしてアキコの耳たぶを軽く噛んだ。一

瞬アキコは溜め息を漏らし目を閉じたが、その続きは又今度にとっておこうというように大人の笑いを含んでそっと顔を離し、

「さあ、Kさん、一緒に歌でも歌いましょうか」

と何事もなかったかのように僕にカラオケの歌本を寄越しながらいった。

「そやな。店の込んで来んうちにパッと歌てパッと帰ろか」

「ねえ、ヨウスイの歌聞かせて」

アキコは同時代の一体感を強調するように、その歌手の僕らの世代には懐かしいタイトルをいい、僕が歌うとも歌わぬとも返事する前に勝手に曲番を探し始めた。

「若いもんに負けてられへんもんね」

ページを繰りながらアキコは魅力的な笑顔でそういい、僕はそんなアキコに奇妙なことに欲情と友情とを同時に感じてしまう。後ろのボックスでは青年が何か面白いことをいったのかリョウの笑い声が楽しそうに響き、そのけたたましさにアキコも思わず釣られて笑い出す。

「隣の店の人が通りかかったら、何とよおはやってる店やと思うやろな」

僕が苦笑してそう茶化すと、

「この前なんてお客さんが一人もいてへんのに、私とリョウとでカラオケしてたんやから」

とアキコはすましていうのだった。

僕は今夜はなぜかアキコが恋しく、いつまでも店を出られずにぐずぐずしていた。居心地のいい暖かい雰囲気に後ろ髪をひかれるような気がし、帰って独り寝するのがやけに寂しく感じられて立つ汐時を失っていたせいもあった。そんな僕のやるせない気分はアキコにも伝わったらしく、やがて次第に店が込んで来る時間になり、リョウと二人で忙しくカウンターやボックスを立ち廻りながらも、アキコは時々憂わしげな優しげな視線を僕に送って来るのだった。

その日はたまたま週末ということもあって晩くまで客足が途切れず、いつもは十一時半にあがるリョウも今夜は一時間ほど残業して帰り、結局最後の二人連れの客を見送ってようやく店を仕舞ったのは一時半を回っていた。

とうとう客がいなくなって、それまでの喧騒が嘘のように静まり、僕たち二人だけになると、アキコは冷蔵庫からビールの小瓶を一本取り出して僕の前に置いた。それからカウンターの内側から出て来て僕の横に座り、小さなビヤグラスを両手で持ち僕の方に傾けて酌を求めた。アキコの顔は微薫を含んで生き生きと輝き、やっと二人になってゆっくりしゃべれるというように微笑んだ。その笑顔は美しかった。

「お疲れさん」

僕はそういってアキコにビールをついでやり、僕の大きなカンパリのグラスと乾杯した。

「Kさん、きょうは随分長いこと一緒にいてるわねえ」

アキコはおいしそうに冷たいビールを干し、しみじみそういった。

「そうやな。開店前からラストまでな。会社におるより長いんちゃうか」

僕がいうとアキコは悪戯っぽく笑い、

「いつもならもうとっくにお寝みの時間？」

「この頃はね。もう年やな」

「昔はよく朝まで飲んでたのにねえ」

「そうや、夜中に一緒におでん食べにいったりしてな」

「その後ナイト（オールナイト）のスナックで朝まで歌てねえ」

「そうそう、それで朝飯まで食べて帰った」

「でも、私たちキスもせえへんかったわね」

　アキコが思わせぶりにそういい、僕は座ったままそっとアキコの肩を抱いた。アキコは僕に頭を凭せかけて来た。大人のオンナの深い香りがし、僕はまるで会話の続きをするようにアキコの唇を吸った。ここからは言葉でなくからだで会話をする時間だった。アキコの唇は柔らかく、僕の舌を巧みに捉えて受け入れた。

「好きやった。昔から」

　僕は一旦口に出してしまうと何とも軽く、胸に積もるさまざまな感慨を込めるには余りにあっけなく短い言葉を囁いた。それは十年という年月の間、二人の間に封じ込められていた言葉だった。その間、僕は僕でいろいろな恋をし、アキコはアキコで幾つかの恋をして来たのだろう。人並みに男とオンナの経験を重ね、既に若くない僕たちの間には、青年の恋のように激しく鮮烈な感情はなかった。湧き水が岩に一滴ずつ浸み込んで次第に溶かしていくように、微かな暖かい愛情がゆっくり熟成するのに十年という時間が必要だったのかも知れなかった。

僕たちは静かに唇を吸い合ったまま動かなかった。動けば十年をかけて結びつき、今夜とうとう重なり合った気持ちが壊れてしまうというように。僕たちはひっそりと人生を寄せ合うようなキスを交した。

「いつかこうなると思てたわ」

アキコが切ない溜め息を吐いてそう囁く。僕はそんなアキコが愛しく思わず腕の中に強く抱きしめると、アキコの着物から白檀の香りが立ち籠め、僕の官能を深く、甘く挑発する。直接アキコの肢体の柔らかさを感じきれない着物の感触は、夢を見ているようなもどかしさと儚さを感じさせた。その心許なさに僕は早くアキコの着物を脱がし、全裸のアキコの肉体を僕の目とからだで確かめたいと焦る。もしこれが酔っ払いの夢で、着物を脱がせばアキコの肉体はなく中は空っぽだったらどうしよう、とそんなアルコール漬けの強迫的な妄想が湧き起り、現実と想念との境が曖昧になった僕は不安に駆られる。

長い抱擁が終り、アキコは僕の目を見て微笑みながら軽く髪を直す仕草をし、

「Kさん、ちょっと待っててね」

といって、店を出る前に簡単な片付けをするためにカウンターの内側に戻った。店が終って二人で飲みにいく時は洗い物だけして出るのが常だったので、僕はボックスに座り一つだけ残ったグラスでカンパリを飲みながらアキコの終るのを待った。アキコはグラスや小皿を手早く洗い、生ごみをポリ袋にまとめ、伝票や領収書を挟んだクリアファイルと扉の鍵とバッグとを持ってカウンターの内側から戻って来る。

「Kさん、お待たせ」

厨房の壁のスイッチで空調を止めながらアキコは愛想よくいい、僕は黙って頷き、カウンターから半分ほど覗いている厨房の床に置かれたゴミ袋を持ってやり、そのまま二人で店を出た。扉に鍵をかける音が古い貸ビルの

廊下に冷たく谺し、一階に降りていたエレベーターを呼び戻して無言のまま二人で乗った。

外に出ると、街のネオンも既に大方消え、人通りの少なくなった新地の南外れの狭い通りを、寂しげに澄み切った秋の深夜の冷気が静謐に包み込んでいた。年季の入った黒服の男たちが、馴染み客を呼び込むためにさっきまで立っていた筈の、今はもうすっかり灯の落ちてしまったクラブやラウンジの電飾看板の並ぶ通りの路上に嵩高く積み上げられた、夢の残骸のような大きなポリのごみ袋の間を、アキコと手をつなぎ縫うように歩きながら、僕は虫の音の幻聴を聞いた。新地に、鈴虫の鳴く声の聞える筈もなかった。

ふいに僕は理由もなく、底無しの孤独の淵に落ち込んでいくような気がした。

今まで無為に過ごして来たやり直しの利かぬ過去や、これからあるかどうかわからぬ未来や、何のために生れ又何のために生きているかわからぬ無価値な自分を想い、この世の中がまったく空しいもののように感じられた。ただアキコの手の温もりだけで辛うじて僕はこの世と繋がり、この世に生かされているような気がした。

　僕は僕がアキコを愛していたわけではないことに気づく。ただアキコに縋りつきたいだけなのだと思い、今夜は寂しさを紛らわせるためにレンタルのアダルトビデオを見るようにアキコを抱くのだろうかと切なかった。

　アキコはほとんど無邪気ともいえる笑みを浮べ、二人の心がしっかり結び付いているのを疑いもしていないという表情で僕を見ている。僕はその表情を見てアキコを騙しているような気になり、一層寂しくなる。本当の気分をアキコに見破られまいと、僕は三十八年生きて身についた人生の演技力で、これからオンナを抱く喜びに興奮している無邪気な男の顔をわざと作り、元気よくアキコに笑い返した。

　新地の南端にあるアキコの店からほど遠くない場所に、まるでこの街に渦巻く無数の欲望を天まで積み上げたバベルの塔のようなシェラトンホテルが、薄赤い大都市の夜空を半分ほど覆い隠して聳え立っている。このホテルは飲食店が軒を連ねる低中層の雑居ビルが巨大な蟻の巣のように数多く犇き合うこの街を見下ろす、新地随一の高層ビルなのだった。

僕たちはシェラトンホテルの回転扉を入り、既に閉店している館内の花屋や喫茶ラウンジを通り過ぎ、無残なまでに明るい広大な円形のロビーを突っ切ってフロントに向かう。フロントには歯磨きのテレビコマーシャルにでも出て来そうに清楚な短髪の若い女性クロークが立ち、深夜に突然訪れた僕たちを愛想よく迎え、ごく当り前のような笑顔でチェックインの手続きをしてくれた。真夜中の大人の恋はこの街の特権であることをよく弁えているといった笑顔だった。さっきまで僕の心を氷の棘で突き刺していた深夜の冷気は、ホテルに入った瞬間から香水の匂いを含んだ唆すような暖気に変わっていた。

上層階のダブルルームのキイを受取り、フロントの横で待機していたエレベーターに乗り込んだ。動き出したエレベーターの中で僕は改めてアキコを抱きしめ、アキコの唇を強く吸った。乳房をまさぐる僕の手を制し、アキコは欲情を抑え切れぬ男を宥めるオンナの余裕あるいい方で、

「もお、どうしたの、Kさん」

と、笑みさえ浮べながらお約束のようにほんの軽く抗ってみせた。

「部屋まで待って。こんなとこではいやよ」

着物から覗いている白い胸元にまで舌を這わせようとする僕を押し止め、挑発するようにアキコは甘く囁いた。

しかし僕は欲情に押し流されているわけではなく、孤独感から逃れるためにアキコの肉体の感触を確かめようとしているのだった。僕よりむしろアキコの方こそ欲情していたのかも知れなかった。僕はアキコを抱いたまま、僕の頬をアキコの頬に押しつけ、高速エレベーターの動きにじっと身を委ねていた。エレベーターはまるで止まっているように静かに、寂しさと煩わしさの溢れる下界から遥か天空の高みにまで僕たちを拉致していった。

ほどなく十九階に着き、この世のすべてが寝静まったように森閑と暗く長い廊下を通り抜け、僕たちの泊るダブルルームに向かう。このダブルルームは少なくとも今夜は僕とアキコのためだけに存在する、二人ぼっちの欲望の空間だった。わざわざ真鍮で造られたアンティークなルームキイで部屋に入り、背後からこっそり孤独が忍び込まぬようにしっかりドアを閉める。

仄明るいルームライトを点けた瞬間、僕たちは狼男と狼女のように、俗世間のあらゆる束縛と寂しさから解き放たれた自由な獣に変身した。この二人だけの世界には何の法律も秩序もなく、僕たちを拘束し脅かすものは何もなかった。孤独を紛らわせ、乾いた心を癒すためにどんな恥さらしな行為をしようと許されるのだった。

何をしても、誰も僕たちを見ていない。僕はそう思うと、すべてから解放されたように高揚してしまう。僕は今夜ここで、孤独から逃れるためだけに情事し、安らかな眠りにつくための鎮静剤を打つように思い切り射精するのだ。僕は欲情に目を潤ませて僕を見つめているアキコを見ながら、今夜は今まで経験したこともないような猥褻な情事をしてやりたいと思った。

室内灯を落とし、先に裸になった僕の見ている前で、アキコは恥ずかしげに帯を解き、襦袢を脱ぎ、足袋を脱ぎ、とうとう全裸の姿で僕の前に立った。

三十八才のアキコの均整の取れた肢体はまだ崩れておらず、むしろ若い娘の無機質な肉体より表情と艶を持って男を誘惑した。

初めて生身のアキコの肉体を抱き寄せ、粘っこく舌をからませあった後、僕はアキコをベッドに仰向けに寝かせ、脱いだ着物の帯紐でアキコの手首を縛った。アキコは小さく驚きの声をあげたが、抗わず僕のするままに任せている。何を始める気だろうと訝かるようなアキコの表情を意に介さず、僕は手の自由を奪ったアキコのまだ形の崩れていない、丸い椀のような小振りの綺麗な乳房をわざと荒っぽくわし掴みにして愛撫した。

アキコは潮が満干するようなしっとりした大人の情事を期待しているかも知れないと思ったが、僕は激しい快楽で孤独を癒すためにとにかく刺激を必要としていた。僕の変態的な愛撫にアキコは初め少し戸惑いを見せたが、成熟しきった三十八才のオンナの肉体と粘膜は間もなく、アキコの表情とは裏腹に激しく反応し始めた。感じやすそうな乳首が見ている僕の方が恥ずかしくなるほど勃起して尖り、アキコの口からは感極わまったような喘ぎが細く漏れ出した。

僕の卑猥な攻めにアキコの肉体は歓喜に悶え、悦楽に弾け、僕の欲望を返り討ちにした。

「気持ちええ?感じる?」

僕はわざとアキコの返事を求め、何回もそう繰り返した。アキコは閉じた目を開き、そんな僕のいたぶりを察して、意地悪、というように僕を見ながらわずかに頷いた。

「聞こえへん。何てゆうたんや?」

僕は執拗に聞き返し、アキコの乳首に軽く歯を立てながら、今度はいよいよすでに十分濡れそぼっているアキコの性器に深く指を入れる。

「ああ!こんなの初めて」

アキコはベッドのシーツに愛液を滴り落とすほど興奮して遂にそう叫ぶ。僕はアキコがとうとう振っ切れたと思い、畳みかけて尋ねた。

「気持ちええ?幸せ?」

アキコは自分の快楽を高めるためなら、もう何でも口にするというように、

「気持ちいい、すごく気持ちいい。アキコ幸せ」

と叫んだかと思うと、

「もっとして、もっと乱暴にして。お願い、いかせて」

と大きな喘ぎ声をあげながら、一刻も早く達したいというように自分から腰を前後に振った。いつの間にかアキコの愛液が泉のように溢れて僕の手を濡らしていた。その温かさが僕の心を満たすのを感じ、僕はすべての空しい言葉より、この多量の愛液が何より信頼できる愛の証しだと思う。

アキコはひたすら欲望の坂を転がっていく石のように、あらゆる束縛から自分を解き放ち、我を忘れて喘ぎ、叫び、身悶えして全身で悦びを現した。

僕はアキコの手首を縛った帯紐を解き、一枚物の強化ガラスが嵌まったルームの窓辺に連れていき、大きくカーテンを開け放した。消え残った大阪のネオンが僕たちを祝福するように美しく、寂しく輝いていた。

「まるで外でやってるみたいやな」

僕はそういうと、都会の夜の生け贄にするようにアキコの裸体を外に向けてガラスに押し付け、すらりと伸びたその背中を指先で愛撫しながらいった。

「やめて、恥ずかしい」

とアキコは呟くようにいったが、その声は期待と欲情に溢れていた。僕は後ろから挿入し、大阪の街を見下ろしながら立ったまま交合した。アキコは自分から尻を突き出し、甘い溜め息を長く吐きながら僕を深く迎え入れた。僕が腰を動かすと、それに合せて絞るような声を断続的に漏らした。

「ああ、変になる、変になる」

アキコは喘ぎながら、徐々に崩れるように体を落とし、とうとう最後は床の絨毯の上に四つ這いになった。僕たちは犬のようにそのままさかった。激しく腰を振るアキコの白い背中は次第に汗にぬめり、まるで全身から愛液を分泌しているように見えた。

ベッドに戻ると、今度はアキコが僕を仰向けに寝かせ、僕の性器を口に含んでしゃぶり始めた。飢えた肉食獣が獲物をむさぼり食うようにその仕草は激しく、僕はふと、アキコも心の中に大きな孤独を抱え込み、そこから逃れようとそうしているのかも知れないと思った。ようやく僕の性器から口を離すと、アキコは僕の上に跨がり、男とオンナが逆転したように僕の性器を掴んで自分の性器に飲み込み、そのまま騎乗位の姿勢で激しく僕を攻め始めた。

僕はまるでアキコに無理やり犯されているような気がした。次第に僕も理性を失って喘ぎ、アキコはそんな僕の姿に欲情を掻きたてられるというように、一層腰を使って僕を翻弄した。僕は初めて情事するような快楽にのめり込み、最後には大きな声をあげてアキコの中に射精してしまった。

僕たちは万華鏡のようにさまざまに欲望のプリズムを変転させながら、明け方近くまでそんなオキシドールのような情事に耽り、やがて精も根も尽き果てて裸のまま眠りに落ちていった。

いつしか朝になり、低い晩秋の太陽がカーテンの開け放たれた窓から二人の顔をまともに照らしつけても、昨夜の情事に疲れ果てた僕たちは容易に目覚めなかった。僕は僕の、アキコはアキコの悲しみを抱いて、僕たちはまるで敗残兵が休息をむさぼるようにひたすら眠り続けた。

昼近くになってようやく目覚めた時、アキコはまだ欲情しているような目で切なげに僕を見、渇きを癒すために水を飲むように激しく僕の唇を吸い、耳もとでやるせなく囁いた。

「Kさん、私、一晩で凄い淫乱なオンナになってしもた。まだからだが疼くわ」

僕はその時、情事した翌朝にいつも感じる空虚な気分に襲われていた。何も彼もが空しく、生きていることさえわずらわしく気怠く思われた。夕べあんなに求めたアキコの裸身を、今朝はまるでいきずりの他人のように見ながら、僕は孤独の棘が僕の背中に冷たく突き刺さるのを感じていた。


それから十日ほどした金曜の夜、僕は久し振りにアキコの店を覗いた。アキコとは、シェラトンホテルのフロントで別れて以来連絡をとっていなかった。アキコからは二回ほど携帯電話にメッセージが入っていたが、僕はアキコを裏切っているような気がしてこちらから架ける気にはなれなかった。そんな自分に罪悪感を感じ、その気分にいたたまれずにとうとうアキコの店に足を向けたのだった。

会社が早く終り、店に着いたのはまだ七時すぎだった。アキコの姿はなく、リョウが一人で所在なげに氷を割っており、開店準備中といった光景だった。アキコは開店前に客から食事に誘われることがあり、そんな時にはリョウが一人で客の相手をした。早い時間なのでそうバタバタ立て込むこともないのだが、それでも馴れぬ者では客のボトルが分からなかったり不手際も多くなかなか務まらない。最近アキコはわりに食事に出ることが多くなり、それはとりも直さずそれだけリョウを頼りにするようになったということだった。長身に映える黒のキャミソール姿のリョウは、今夜はなぜか普段より妙に大人びて美しく見えた。

「あ、Kさん、久し振りですね」

僕を見るとリョウは無邪気にそういい、馴れた手つきで僕がその時の気分で両方飲むことを知っているオールドパーとカンパリのボトルを探し出してカウンターに並べる。

「ママはちょっと出てるの。今出ていったとこなんやけど。電話しましょうか」

リョウは無邪気にそう聞く。

「そうか。いや別にええ」

僕はなぜかほっとしてリョウに軽口を叩く。

「リョウちゃんがいててくれたら、俺はそれでええ。今日はリョウちゃんの顔見に来たんやから」

「あはは、Kさん、可愛いことといってくれちゃうわね」

リョウも早速切り返し、この娘は確かに人を楽しくさせる術を生れつき心得ていると思い、僕は何となく愉快になった。

「この頃、ママようKさんの噂してるんですよ。きょうは来るかなあとか。帰って来たら喜びますよ。もう、この女泣かせ」

飄軽なリョウの口調に僕は思わず笑いながら、リョウの性格に温かい湯のような奥深い優しさを感じとった。他者を傷つけることを惧れ、快適で気分のいい時間を共有するために無意識に気配りする能力、それが本能的に備わっているような気がした。

どんな性格のいい人間でも時として心ならずも他者を傷つけてしまう瞬

間があるが、リョウにはそれがなかった。リョウの自然なバランス感覚は、ホステスとして意識して客に接しているというより、根っからのホスピタリティー精神のように思えた。それは僕の屈折した気分を暖かく癒してくれた。

「Kさん、今日私の誕生日なんですよ」

水割りを作りながら、リョウは何ごころない様子でそんなことをいい出した。

「へえ、それはおめでとう。二十一になるんか」

リョウはこっくり頷き、マドラーで僕のグラスを混ぜながら、

「何かいいことありますかね」

と率直な調子でいい、まともに僕に視線を向ける。

僕は会話の流れでまったく無自覚にそんな言葉を口にし、その瞬間にまるで落とし穴にでも嵌まったように後悔した。

「よし、ほな、店終ったら寿司でも食いにいこか」

僕がリョウを店の外に誘うのは初めてで、きっとリョウは僕の誘いをア

キコに報告するに違いないと思ったのだった。それはそれで一向に構わないが、最初からそのために店に顔を出したようにアキコに誤解されるのは心外だった。

「ママも誘て一緒にいこか」

咄嗟にそういい直し、僕がさり気なくその場を取り繕おうとすると、

「私、どうせ連れていってくれはるのなら、Kさんと二人がいいな」

と、リョウは甘えるように大人の媚を見せながら、そんな思いがけない言葉を口にする。迂闊な僕の一言によって、今まで思ってても見なかったリョウの別の顔がふいに現われたと思い、僕は些か面食らってしまう。

「何でや。ママも一緒にいったらええやないか」

「Kさん、いつもママと御飯食べにいったりしてるんでしょ。今日は私の誕生日なんやから、私と付き合ってくれてもええんやない?」

リョウは笑いを含みながら、挑むように、またからかうようにそういった。僕はそんなリョウの真意を計りかね、わざと冗談めかして茶化すように牽制する。

「怪っ体な奴っちゃな。店の外で二人で飲んでたら、俺は口説くで。危ないで」

「いいですよ。口説かれてもママにはいいませんから。Kさんがどうやって口説いてくれるんか一回経験してみたいもん」

リョウはいつになく執拗に食い下がり、僕はしかたなく、今夜店が終るとリョウと二人で食事にいく約束をしてしまう。リョウのあがる時間の少し前に僕が出ていき、新地の北外れの喫茶店で待合わせることにした。

密談がちょうど終った時、ちょうどそれを待っていたかのように扉が開いてアキコが入って来た。

アキコは僕を見ると、一瞬目に微妙な感情を揺曳させたが、すぐにそれを笑顔で押し隠し、いつもの愛想のいい表情に戻り、いつものように僕を迎えた。

「あら、Kさん、いらっしゃいませ。久し振り。どうしてはったん」

「来たかったけど来るお金がのうてね」

僕はそういって茶化し、アキコとの間にもリョウとの間にも何事もなかったかのようにオールドパーの水割りを飲み干す。

「隣に座らせて頂こうかしら」

アキコは今夜は背中の大きく露われた黒のドレス姿で、白い胸元に光るプラチナのネックレスが妙に肉感的だった。リョウが冷蔵庫に氷を取りに半畳ほどの厨房に引っ込んだ時、アキコは咎めるように僕の顔を見、僕の耳もとに小さく囁いた。

「何で連絡もくれはらへんかったの。私どうしてええかわからへんやない」

僕は何もいわず、ただアキコを安心させるように笑って頷いた。アキコはカウンターの下で僕の手を握り、

「寂しい思いさせせんといてね」

という。僕は言葉の代わりに、素早くアキコの頬にキスした。アキコを悲しませたくはなかったが、今愛の言葉を口にすることは嘘をつくことになると思い、何もいえなかったのだった。一方、孤独に飢えた僕の心と生理はいつまた縋りつくようにアキコの肉体を求めるかも知れなかった。

アキコは恨みごとをいって少し気が済んだというように表情を和らげ、

仕事を思い出したように僕の水割りのお代わりを作っている。氷の塊を持ってカウンターに戻って来たリョウにチャームを出すように命じ、僕に断ってから自分とリョウの水割りを、レディースと呼ばれるホステス用の小さいグラスで薄めに作らせる。

「そうやってるとKさんとママって、本当に仲のいい恋人みたいですよね」

乾杯して一口飲んでから、カウンターの中のリョウがスツールに並んでいる僕とアキコを等分に見ながら冷やかすようにいった。

僕はさっきのリョウとの会話を思い出し、なぜわざわざママのアキコの前でそんな話題を出すのかと訝かった。単に好奇心で僕とママの仲について興味を持っているのだろうかとも考えてみたが、若いリョウの心のうちは僕には想像もできなかった。それからアキコもリョウも打って変わっていちげんの客に接するように差し障りのない世間話を何の屈託もなくしゃべり、笑った。

オンナは年にかかわらず、感情を隠すのが巧みだと僕は改めて知る。

そのうちに、週末のことで次第に客が入って来た。

「Kさん、今夜は弾けちゃいましょうよ」

いつしか夜が更け、店内もかなり騒がしくなって来た頃、リョウがいつになく自分も速いピッチでグラスを明けながら唆すように僕に囁いた。

アキコは後ろのボックスで四人連れの賑やかな中年客の相手をしてカラオケで演歌をデュエットし、カウンターでは若いサラリーマン風の二人連れが何やら社内の噂で盛り上がり、面白くて仕方ないというように声高に喋っていた。僕とリョウはカウンターを挟んで向かい合って話をしていた。僕はリョウにパーラメントに火を点けて貰いながら周りを見渡していう。

「皆さん、えらい機嫌ええな」

「そりゃそうよ。今夜はハナキンなんですから。Kさんも明日はお休みでしょ。もっと飲んだらどうですか。私も学校お休みやしね」

リョウは自分もマルボロ・メンソールに火を点けて美味しそうに吸いながら、嬉しそうに笑っていう。僕はリョウを理解しようという無駄な努力を試みてじっとその顔を見直してみるが、その整った絵のような表情からは、若い艶やかな肌の輝き以上のものを見て取ることは出来なかった。

「リョウちゃん、ボックスにミネ持って来て頂戴」

　アキコが呼んだ。リョウは返事をし、ミネラルウォーターの瓶を持ってカウンターから出てホックスへ向かった。それは口実だったのか、アキコはボックスの接客をそのままリョウに任せ、入れ違いに自分がカウンターに戻って来た。

「ねえ、Kさん。今夜、店終ってから二人で飲みにいかへん?」

　アキコは媚びを含んだ目で僕を見、こっそりと誘う。

「でも、金曜日やで。いつ終るかわからへんやろ。また今度ゆっくりしょう」

　僕は別にリョウとの約束に義理立てするつもりもなかったが、何時に終れるのかわからない週末の店の営業時間に付き合える元気はなかった。アキコもただいってみたかっただけでそれで気が済んだというふうに、気を悪くした様子もなく、

「そうやね。今日はせいぜい営業に励むわ」

といい、僕に愛想のいい笑いを投げかけておいて、今度はカウンターの二人連れの相手を始める。

時計を見ると、いつの間にかもうリョウの上がる時間が迫っていた。僕はこの様子では今夜はリョウはアキコから残業を頼まれるだろうと思いながら、来ないなら来ないでいいと取り敢えず約束通り席を立った。

「あら、Kさん。お帰り？」

僕が立上がって扉に向かう気配を感じ、二人連れの客の水割りを作っていたアキコがもう帰るのかというような意外そうな顔をし、急いで僕を追って見送りに立った。

僕は無言でアキコに笑いかけて店を出ながらふとリョウの笑い声のする奥のボックスの方に視線を向けた。リョウは四人のオヤジの相手を一人で務めており、それはいつもの自然体の接客ではあったものの、さすがにこちらを振り返る余裕はなさそうだった。親爺たちは孫でもあやすようにリョウをからかって笑っていた。僕はリョウの奮闘振りに思わず微笑み、こんな盛況ならリョウは恐らく待ち合せ場所には来れないだろうと思い、十五分ほど待って帰れば今日はそれでいい、埋合せにまた改めて出勤前にでも食事に誘ってやろうと思った。

客が待っているだろうからここまででいいと、僕を見送って来たアキコを六階のエレベーターの前で帰し、なかなか来ないエレベーターを大分待って僕は一人で乗り込んだ。結局アキコには今日何もいえなかった、と少し後悔が残った。もっとも、何をいいに来たのかは自分でもわからなかった。ビルを出ると通りは思いの外冷え込み、今年一番の冬が来たような夜だった。

僕は襟筋に寒さを感じて思わず首をすくめ、とりあえずリョウと約束した永楽町通りの終夜（ナイト）営業の喫茶店に早足で向かう。

マフラーが欲しいほどの冷気が深夜の街を覆っていたが、もうすぐ日付の変ろうとしている週末の新地は大勢の酔っ払いが出盛っていた。アルコールと欲望と愛憎に染められ、さまざまな人生が交錯してすれ違う新地の最も賑わう時間だった。午前様になる前に恐妻の待つ家に帰ろうと焦るサラリーマン重役、得意先を無事に帰しこれからとことん行こうと飲み直しに向かう営業マン、厨房を仕舞っていざ出陣と気合いを入れる板前、ようやくノルマを達成し溜ったストレス発散するため朝まで歌いまくろうと決意したホステス、久し振りにパトロンと寿司でもつまみながら援助の追加を頼もうと目論む初老のオーナーママ、一回目のステージが終りやっとビールを飲めると喜ぶアル中のクラブシンガー、そんな雑多な人種たちが忙しげに行き交い、この街全体がまるで巨大な生物のように活気と欲望に溢れて蠢動する。

新地は週一度のカタルシスを迎えようとしていた。

僕は途中で何人かの顔見知りの、もう皆初老に近い黒服たちに呼び止められながら、新地の中筋を南の端から北の端に通り抜けていった。新地で最も繁華な本通りにさしかかると、いつも決まった場所で焼芋を売っている二人組のオバチャンの澄んだ声が寂しい僕の心に浸み入るように懐かしく聞えて来た。そのどこか物悲しい売り声は吐く息と共に白く凍り、北風に巻かれて都市の寒々とした夜空に消えていった。僕は普段顧みもしなかった彼女らの生業が今夜はなぜか美しく尊いもののように感じられた。

国道に面した新地の北端の通りは、そこだけ他と雰囲気が異なり、最近若者と若者向けの店が随分増えていた。リョウと約束した店もそんなオープンカフェのひとつだった。ウールのキャップを被りピアスをあちこちにぶら下げた小綺麗な若者たちが屋外のウッドデッキでコーヒーを啜っている横を抜けて僕は暖かい店内に入り、周りの若者がほとんどノンアルコールドリンクを飲んでいる中で、ホットブランデーを注文した。

ほとんど香りもしない安物の水っぽい国産ブランデーの湯気に曇ったグラスは、それでも僕の指と心を幾らか暖めてくれた。今年初めてのお湯割りで人心地ついた僕は改めてガラス越しに若者で溢れた外の通りを眺めやった。

同じ新地でも、ふだん歩く本通りや上通りとはまったく風景が違っており、まるで見知らぬ冬の異郷にでも来たように錯覚し、ここでリョウとうまく落ち合うことなど何だか奇跡のような気分になってしまう。今頃リョウはアキコに残業を命じられ、相変わらず親爺たちを楽しませているのかと思うと妙にリョウがいじらしく懐かしく感じられ、ふいにどうしてもリョウに会いたくなった。不思議なことに、このやるせないような気持ちはあの夜アキコに対して抱いた縋りつくような自暴自棄な愛情とは違い、心がほのぼの暖まるような柔らかな感情だった。

　ホットブランデーのグラスを両手で持ち、その温かさを感じながら僕はリョウの笑顔を思い浮べていた。するとそれまで僕の前に長い間ずっと果てしもなく広がっていた暗い霧が徐々に晴れて行くような気がし、なぜかこの世の中が明るく色づいて見え、生きる価値のある世界のように思えて来た。

　僕のひねくれた心にリョウがそんな作用を及ぼそうとは自分でも到底信じられず、これはエアコンのよく利いた暖かな店内とホットブランデーのせいだと納得しようとしたが、自分をどう欺いてみても、僕の心を和ませているのはまぎれもなくリョウの面影なのだった。思えばこんな感情を僕はもういつからかすっかり忘れてしまっており、たかが一杯のお湯割りで心の氷河が解けてしまう筈もなかった。

　それどころかむしろ飲めば飲むほど意識の底は常に冷たく醒め、下らぬ自分自身とこの世界に限りなくうんざりし、酒で気持ちの明るんだことなどただの一度としてなかった。それなのに夜が来るたびに僕はまるで蛾のように新地の灯に魅かれ、ふらふらと飲み歩いてしまう。それは独りぼっちの夜が怖いからだった。それにしても、今夜のこの安物のブランデーはどうしてこんなに暖かく心に浸みるのだろうと僕は訝かる。

ふと顔を上げると、目の前にリョウが立っていた。

キャミソールを着替え、明るいブラウンのバルキイセーターの上に丈の長いブラックレザーのジャケットを無造作にはおり、長い脚によく似合ったヴィンテイジのサスーンのジーパンを穿きこなしたリョウ。リョウはちょうど僕が思い描いていたままの笑顔でそこに立っていた。

僕は一瞬夢を見ているのかと自分の目を疑い、

「リョウ。出て来れたんか」

と叫び、リョウは僕のその驚きようが面白いというように笑顔を見せた。

「とーぜん。だって、誕生日やもん。一年に一回しかない、特別な日やからね」

リョウは歌うような抑揚でそう答える。

椅子を寄せてリョウを座らせようとすると、リョウは僕の腕をとって逆に僕を立たせようとしながらいう。

「もう、お腹空きまくり。Kさん、早よ御飯食べに連れてって下さい」

　僕は新地の本通りをホステスと腕を組んで歩く時には感じたことのない羞恥と照れを覚え、何となく気後れして席を立つ。リョウはお茶を注文しようともせず、僕を追い立てるようにして明るいカフェを出た。

　外に出て寒気に晒されると、リョウはなおいっそう僕に長身を押しつけて来た。僕の腕をとり、さも馴れたホームグラウンドのように若者のたむろする通りを縫うように早足でさっさと歩いていく。

「どこ行くんや。知ってる店があるんか」

　僕はさっきカフェに向かった時とは別人のような満ち足りた気分でリョウにそう尋ねた。リョウは独特な目つきで僕をまともに見て、こっくりと頷いていった。

「前から行きたかった店があるの。まだ入ったことはないんやけどね、いつも前通って、誕生日に行きたいなあって何となく思てたの。イタリアンの店やねんけど、いいですか。Kさん」

　僕はもちろんいいと頷いた。

リョウは誕生日を誰と過ごすかというより、どう過ごすかという方に思い入れがあったのだと僕はようやく気づいた。そこにたまたま僕が誘い水を向け、お手頃な相手が見つかったというわけで選ばれたのだった。

これで今夜のリョウの振舞いの辻褄が合った気がして僕はむしろ安心し、夜中にイタリアンなど食べたこともないので、それも一興だと歓んだ。リョウは格好のいい頭を僕の肩にちょこんと載せ、機嫌のいい時に店のカラオケで歌うアイコの「花火」を楽しげに口ずさんでいた。リョウのまだ少女くさい甘い髪の匂いが僕の鼻をくすぐった。

まもなく僕たちは道を南へ折れて永楽町通りに入り、お馴染みの「大人の新地」の風景へと戻った。

永楽町通りはまだ祭りの夜のように賑わっていた。さっきと比べると、酔ったホステスと客の二人連れがやや多くなっていた。店が終ってこれからまた飲みに行ったり食事に行ったり、あるいは情事に向かう途中なのだった。

この時間のこの通りでは、いかにも学生ふうな身なりの幼いリョウはかなり目立ち、僕はまるで援助交際している親爺のように見られているかも知れないと思い何となくおかしくなる。

休業中の老舗の高級クラブと割烹との間に、イタリアの国旗をイメージしたような三色の電飾看板の掲った、わりに知られたイタリア料理の店が見えた。リョウはそこを指さし、

「ここなんやけど」

と、同意を求めるように僕の顔を見ていった。この店にはバブルの頃、何回かホステスに同伴させられる時に連れていかれた記憶があった。例によって僕は酒を飲んだ記憶しかなく、料理の味の印象はさだかではなかったが、確かカップル向きの雰囲気のある粋な内装だったことを覚えていた。

「ええで。入ろ」

僕は笑っていい、リョウが嬉しそうに頷くのを見ながら、もしかすると俺はリョウに惚れてしまったのかも知れないと心中ひそかに戦慄する。

樫の扉を押し開けて店に入ると、燕尾服を着た若いボーイが恭しく駆け寄って来た。

「いらっしゃいませ。どうぞ。お二人様でございますね」

美少年のボーイは機械のようにたどたどしくそういい、僕たちを間口の狭い店の奥の方の席へと案内する。

低く「リゴレット」のアリアの流れる薄暗い店内には明らかにホステスと客と見えるカップルが三組食事しており、それぞれのテーブルには白いシンプルなクロスが掛けられ、赤いローソクが暖かく灯っていた。僕とリョウが案内された奥の壁際の席へ座ると、ボーイは早速テーブルのローソクにポケットから取り出したマッチで火を点けてくれた。

青い炎が仄かに揺らめき、漆喰の壁に僕たちの影を薄く映し出した。

「ワオ。ろまんちっく」

リョウは喜んで目を輝かせ、両手を合せて低く叫ぶ。僕は微笑ましい思いでリョウを見、リョウの笑顔を得るためなら何だってしてやりたいとさえ愚かしくも思った。

メニューを前にしたまま、値段も気になるというふうに料理を決めかねているリョウに、僕はシェフのお任せコースという行を指さし、リョウが嬉しそうに頷くと僕はボーイを呼んで二人前注文し、一緒に甘さの少ない赤ワインを選んで頼んだ。

料理が来る前に、その軽いイタリアワインで二人で乾杯する。

「おめでとう。彼氏に代って乾杯や」

僕がそういって茶化すと、リョウはせっかくいい気分なのに余計な茶々を入れるなと不満を強調するように、殊更に頬をふくらませた。

「後の台詞は要らないの。リョウ、おめでとう、だけでいいの」

艶やかな髪をかきあげながら、リョウはそう抗議した。僕は思わず苦笑し、穏やかな満ち足りた気分が今まで飲んだこともないほどの豊潤な味わいをワインに与えているのを舌先で感じ、それを楽しんだ。

少なくともリョウの記念日にこうして一緒にいる、と思うと、それだけで僕は満足だった。一方で、いつの間にこれほど僕の心にリョウが入り込んでしまったのかと思うと我ながら不思議でたまらない気もしたが、僕の心は現についさっきまで長い間絶えず苛まれていた孤独を嘘のように忘れていた。その代りにリョウへの暖かな感情で満たされているのだった。

前菜のオマール蝦のマリネが運ばれて来た。

リョウは声をあげて喜び、両手を合せて「戴きます」と口の中で呟いてからフォークを掴み、めざましい食欲で平らげていった。

僕はそんなリョウを見ながらやたらワインを飲み、自分がいつか見た映画のロリータに翻弄されていく中年男のように思え、それでもどうしようもなくリョウへの思いを募らせていくのを止めることが出来なかった。オンナと情交することはあっても、もうずっと長い間恋などしたことはなかったと、僕はそんな下らぬことを考えていた。

いい年をした僕は、若い頃のようにもうひたすらオンナを抱きたいという焦燥に囚われることはなかった。しかし、リョウを自分だけの物にしたいという実現の不可能な男の嫉妬心は若い頃よりも逆に強まっているのに気づいた。僕は僕がさっきのカフェの若者たちと違い、リョウの住む世界から遠く隔たった絞り滓のような色褪せた年齢であることを自覚していた。

「Kさん、食べへんの。イタリアン、あんまり好きやなかった?」

リョウが僕を見て不安そうに尋ねた。そんなところに年齢に似合わぬリョウの生来の気配りを感じ、僕はリョウを安心させるように蝦にフォークを突っ立てて貪るようにして食べ始める。リョウはそれを見ると安心したように笑い、

「さっきからあたしばかり食べてるんやもん」

と半ば独り言のようにいった。

その笑顔はリョウが誰に対しても振りまく普遍的な優しさに満ちており、僕はリョウの優しさを今夜は独り占めにしたいと思った。ただし今夜は、いつものようにうそ寒い空虚な気持ちから逃れるためオンナの肉体を求めてただひたすら刺激を渇望するのではなく、リョウの気持ちの温もりを感じたいという気分になっていた。

クリーミイなボリューム感のあるイタリアンディナーをリョウは細いからだでよく食べ、またよく飲んだ。

何杯目かのワイングラスを口に運びながらリョウは僕の顔を正面から見、まるで今までしていた話の続きをするように尋ねる。

「Kさん、Kさんはママが好きでお店に来るんですか？」

僕は戸惑い、リョウへの思いに縛られているために咄嗟に答えられず、ぎこちなく言葉を選びながらようやくいった。

「ママのことは好きやで。人生の同志てゆう感じやな。付合いも長いしな」

「ふうん。じゃあ、Kさんはあたしのこと好きやないんですか？」

リョウも大分酔っているように見えた。

リョウの直截ないい方に僕はいよいよ追いつめられたように口ごもり、とりあえず苦笑でごまかすしかなかった。リョウは僕のそんな気持ちを、自分に惚れている男を見逃さぬオンナ独特の嗅覚の鋭敏さで感じとったに違いなかった。しかし、リョウはわざと惚けるようにいった。

「Kさん、きっとあたしのことなんかオンナ扱いしてないんですね。なんやあほらしい、やっぱりKさんはママのいいひとなんや」

まるで言葉を弄んでいるようなその口調から、僕はリョウが明らかに僕を挑発しているのを感じた。

僕は初めてオンナを見る目でリョウの顔を見た。リョウはその視線を受け止め、そこに含まれた意味を受け容れ、僕の目を見返した。

僕はリョウに対して欲情を覚え、リョウを抱きたいと思った。

男の欲情をオンナは確実に感知してしまう。リョウは僕の欲情を察知したに違いなかった。それは男とオンナの間では年の差や立場と関係のない男の弱みだった。リョウは自分の仕掛けた罠に僕が嵌まったのを確かめ、僕の欲望をどう料理してやろうかと考えているように見えた。リョウが僕と寝る気でいるのか、それともこれで今日は幕を下ろすのか、僕にはわからなかった。それを決めるのは男の手練手管次第のように見えて、実はいつもオンナの気紛れなのだった。

「大人をからこうたらあかん」

僕は辛うじてそう返し、

「そうゆうたら、リョウの彼氏は今日何してるんや。この大事な晩に」

と態勢を立て直そうとするように逆にリョウに聞く。確かリョウはこの前恋人の話をしていたと思い出し、リョウの方こそ僕をどう思っているのか確かめてみたかった。恋人と痴話喧嘩でもしたのか、それともリョウはただ僕という間抜けな大人をからかっているだけなのかも知れなかった。リョウの性格のよさとリョウのオンナとしての手管とはまた別物だった。

「彼氏はいますよ。でも、友達やからね」

リョウは僕の目を見つめながら、平然といった。

「別に誕生日の夜に一緒にいてたいとも思わへんもん」

「ほな、俺と浮気しょうか」

「はは、Ｋさん。面白い。酔おてるの？」

リョウはおかしそうに笑い、グラスの赤ワインを一口飲んだかと思うと、いきなり顔を近づけて僕の唇にキスした。

それは一瞬の出来事だった。

僕の怒張した欲望は完全に肩すかしを食らい、僕は一本取られた格好でただぽかんと口を開けたままリョウの顔を見ていた。しかし次の瞬間、僕はなぜか笑いが込み上げて来るのを覚えた。滑稽にも真夜中に小娘ととんだ馬鹿馬鹿しい茶番を演じているような気がし、自分の愚かさ加減に呆れ果てたのだった。リョウは何事もなかったかのようにイカ墨のパスタを器用にフォークで巻き取って口に運びながら、

「これを食べてからやったら、黒いのがつくもんね」

と悪戯っぽく笑っていった。このリョウの不意打ちを食ったおかげで、僕は逆にようやく余裕と笑いを取り戻しながら戯れ言を返す。

「ほんまや。黒いキスマークつけてたら、ママに怒られるとこやった」

「Kさん。あたしKさんのこと、好きよ」

リョウは事もなげに、僕の顔を斜めに見て低く囁いた。

「今夜、一緒に居てて」

「……」

気がつくと、アリアはマイナーからテンポの速いメジャーに変わっていた。ローソクの炎が揺れてリョウの顔を妖しく照らし出していた。

リョウの目は欲情して濡れていた。僕は長い間眠っていたむき出しの野生の欲望が久々に全身を駆け巡るのを感じた。孤独を紛らわせるためにでなく、純粋にオンナを抱きたいと思ったことなど、もうずっとなかったような気がした。

僕はいつも意識して見ないように努めていたリョウの胸の膨らみや綺麗

な首筋にわざと愛撫するような猥褻な視線を向けた。口いっぱいまで溢れつつある僕の欲情をリョウに見せつけてやろうと思ったのだった。もし土壇場になってリョウが拒めば、僕はリョウを犯してしまうかも知れないと猛々しい自分の欲望を恐れたほどだった。

僕はリョウの言葉に頷き、テーブルの上のリョウの手を握った。それ以上の力でリョウは握り返し、僕はその手が興奮して汗ばんでいるのを感じた。

店を出て、リョウと僕はからだをぴったり寄せ合い、冷気に包まれた深夜の新地を今度は南へ通り抜け、巨大な不夜城のように煌々と輝くシェラトンホテルへと向かった。肌を刺す寒気に、僕は自分の馬鹿さ加減を責め苛まれているような気がした。

僕の頭にふとこの前の若い短髪のフロントのオンナの顔が浮び、リョウは彼女よりまだずっと幼いのだとあらためて思った。さっき自分の姿を援助交際している親爺に重ね合せて自嘲したが、今まさにその通りのことをするのだと思うと、僕はふいに取り返しのつかないことをしているような罪悪感に囚われた。

僕がリョウを騙して連れ込むのではなく、むしろリョウの方が僕を誘ったのだと思うことで僕は良心の呵責から逃れようと努力した。しかし、本当はそんな弁解をする必要はないのかも知れなかった。なぜなら、若くしたたかなリョウの魂が僕と一回寝ることによって些かでも傷つくとは思えなかったし、むしろもう若くない僕がとんでもない煩悩の泥沼に嵌まってしまう可能性の方が遥かに大きそうだったから。

フロントは先夜のオンナではなく、顔色のやけに白い痩せた若い男だった。

ダブルの部屋が空いているかどうか尋ねながら、一瞬、アキコと恥辱にまみれたあの部屋だったらぞっとしないと思う。

フロントの男は遠慮がちに、週末で込んでいて今日はセミスイートしか用意出来ないといった。僕はそれで了承した。今日は特別な情事になるような気がし、そのための出費は気にならなかった。むしろリョウを喜ばせるためにその方がいい、今日は俺とリョウの記念日だからなどと愚かしいことを考えたりした。

リョウは僕がチェックインしている間ロビーの隅に隠れるように座り、間が持たないというふうに何回も髪をかき上げていた。僕がキイを持って戻ると待ちかねたようにリョウは僕の腕にしがみついて来た。エレベーターで十五階に着くまで、リョウはずっと僕に抱き着いて離れず、その間リョウの甘い体臭が僕を幻惑し僕は勃起してしまう。

セミスイートの部屋は、ベージュがかった淡色を基調にコーディネイトされた落ち着いた品のいい内装だった。

入ってすぐのリビングにはコンパクトな革のソファセットが置かれ、コーナーに造り付けのサイドボードがあった。奥の白い扉の向こうがベッドルームになっているようだった。ベッドルームの扉を開けると、ありがたいことに中は暖房がよく利いていてむしろ暑いぐらいだった。

柔らかなダウンライトの下で、僕とリョウは裸になって抱き合った。長身のリョウのからだは肉が薄く、抱き締めるとなくなってしまいそうだったが、実際に両腕で抱いてみると、若いしなやかな肉体の強靭さは男の腕の力にじゅうぶん拮抗した。

　リョウの若いエネルギーに満ちた肉体は快楽を味わうのに貪欲だった。抱き合っただけでリョウはまるで、僕の性器がからだの中に挿入されたかのように全身を快楽の色に染めるのだった。

　リョウの乳房は思っていたように小さかったが、それがかえって少年のような中性的なエロチシズムを感じさせ、僕を激しく興奮させた。乳首は綺麗な桃色をしていて、軽く指でつまんだだけで固く勃起した。その宝石のような乳首を舌先で転がすと、リョウは大きな喘ぎ声をあげて悦んでのたうち廻った。

「いい、いい」

とリョウは叫び、僕の背中に爪を立て体中でもっと激しい愛撫を要求しながら、細長い指を伸ばして僕の性器を握ろうとする。僕が手を添えて僕の勃起した性器にリョウの指をあてがうと、リョウは思いがけない巧みな指使いでじゅうぶん固くなったそれを上下に小刻みにしごき始めた。そうすることで一層欲情が高まったというように、リョウは指を動かしながら切なげにハアハアと短い息を吐くのだった。

いつの間にか僕の性器は透明な分泌物でぬめり、リョウはそれを性器全体に塗り広げながら愛撫の激しさを増していった。僕は必死の思いで射精しそうになるのを堪え、勝負するように三本の指でリョウの性器を押し広げて愛撫した。リョウのクリトリスがみるみる尖っていくのがわかった。

リョウはほとんど叫ぶように長い悦楽の声をあげ、

「ちょうだい、ちょうだい」

と繰り返していいながら腰を激しく振り、僕の性器を迎え入れようと悶えた。

僕はかつてないほど怒張した性器をリョウに深く嵌め、両手でリョウの腰を持って押えながら激しく腰を前後に動かした。リョウは驚くような柔軟さで形のいい長い脚を天井に向けて高く上げながら直角になるほど広く左右に開き、僕の性器を少しでも奥に貪欲に飲み込もうとする。

長い艶やかな髪はベッドの両端に乱れ広がり、おくれ毛がリョウの大きく開いた唇にかかっていた。リョウの両方の乳房は健康な火照りを見せて汗に濡れて光り、乳首は弾けそうなほど固くなっていた。

リョウの若い生命力に満ちた欲望の猛々しさに僕はもう完全に圧倒されていた。

リョウは僕の腰の動きに合せて喘ぎながら、僕のことを好きだと何回も口走った。僕はそれを聞くたびにリョウへの執着と欲情を深め、まるでこの世でリョウの肉体を満たしてやれるのは自分だけだという気になり、リョウの肉欲に奉仕するために自分が存在しているような気さえしていた。

「ああ、いく、いく」

とリョウは若さに溢れた声量で悶え、辛うじて抜くのに間に合った僕の性器から迸り出た多量の精液を、筋肉のしまった下半身で受けとめた。僕は生れて初めての深い快楽を全身に感じながら、

「リョウ、愛してる」

と呟いた。

リョウの裸体は細かったけれども強靭なしなやかさを秘めていた。

リョウは時間を置かずもう一度僕に性交を要求し、喉が枯れてしまうま

で悦びの声を上げて悶え狂った。
二回目の射精をした後、もうじゅうぶん役割を果たさなくなった性器の代りに僕はリョウの全身を執拗に愛撫し、リョウの乳首や腋の下から性器や陰毛、そして足指の先まで唾液まみれにして舐め廻してやった。リョウの肉体は無限に悦楽を受け入れる巨大な器のようにいつまでも充足することなく、喘ぎ過ぎてかすれた声で、もっと、もっとと僕の愛撫を求め続けて倦まなかった。僕は犬のようにリョウの甘臭い性器を舐めながら、このまま夜が明けず、永遠にこの部屋でリョウと情事出来るように願った。

それからどの位経ったのか、深い安らかな眠りから覚めた僕は半ば無意識にリョウのからだを探っていた。リョウは美しい裸体を僕の隣に横たえて静かに眠っていた。リョウの下腹部には僕の放った精液が冷えて固まり、リョウの薄い陰毛にからまって残っていた。すっかり夜は明けていた。カーテンの隙間から爽やかな陽光が差し込み、リョウの腕の産毛を金色に照らしていた。

僕は揺るぎのない安堵を感じ、リョウによって救われたと思った。もしかするとこれがリョウとの最初で最後の情事になるかも知れないとも思ったが、僕は完全に満ち足りており、人生に何の悔いも残っていないような気さえした。第一、今まで酒びたりの僕は人生の価値について考えたことすらなかった。

一夜明けてもリョウに対する愛しさの念は色褪せず、それどころかむしろいっそう募っていた。僕は眠っているリョウの裸体をそっと抱いた。リョウは一瞬何か呟いて寝返りをうったが、目は覚まさなかった。僕はこのままリョウを寝かせておいてやろうと思い、ブランケットを妙に色っぽく浮き上ったリョウの鎖骨の辺まで掛けてやり、音を立てぬようにベッドから起き上がって備え付けのバスローブをはおり、リビングに向かった。

冷蔵庫からハイネケンの缶を一本取り出してゆっくりと一口飲む。透き通った冷たさが喉にしみた。

リビングのカーテンを開けると、朝の光の中に白っぽく照らし出された新地の街並みを一目で見下ろすことが出来た。朝の新地は昨夜とまるで違う街のように静まり返っていた。昨夜は色とりどりに店の名を輝かせていた電飾看板が今朝はスケルトンになったように薄汚れ、まるですっかり化粧を落としてしまったオンナの素顔のように見えた。

　僕は考えるともなく、今まで寝たオンナたちのことを考えた。

アキコの顔が浮んだ時、僕は昨夜の良心の呵責の原因がそれだったことに気づいた。考えてみると僕はアキコと情事をした後電話の一本もかけず、久し振りに会いに行ったアキコの店で若いバイトの従業員をたらし込み、そのままホテルにしけ込んだとんでもない好色男という役回りだった。

　無論アキコとはあの夜たまたま気持ちが合い情事に及んだだけで、これから付合いを始めると約束したわけでもなかったし、もし僕がリョウと寝たことを知っても、アキコの性格から考えると僕を怒りはしないだろうと思った。

　しかしあの夜、僕は前からアキコを愛していたように自分の気持ちとアキコを偽り、実はただ孤独をごまかすためだけにアキコを抱き、ロマンチックな夜を期待していたアキコを辱めるような情事をしたということが心にわだかまっていた。僕はアキコに申し訳ないと思い、もうアキコの店には顔を出せないと思った。

いつの間にかリョウが起き出していた。

バスローブ姿のリョウはソファの後ろから僕に抱き着き、お早うという代りに僕の頬に軽くキスをした。それから僕の手からハイネケンを取り、一口飲んでから僕に返し、

「シャワーを浴びて来る。何かからだ中がべとべとする」

と僕を挑発するような目でいい、わざわざ僕の前でバスローブを脱いだ。ローブを床に落としたまま、すらりと伸びた美しい背中と筋肉の締まった格好のいい小さな尻を僕に見せつけながらリョウはバスルームに向かう。僕は昨夜からリョウに翻弄されているのを感じ、それに甘んじることにむしろ倒錯的な悦びを感じていた。

バスルームからリョウのシャワーを使う音が聞えて来ると、僕はたまらず再び欲情し始めた。リョウの匂いたつような肢体を思い、リョウの肌にシャワーが玉のように弾けているさまを想像する。艶やかなリョウの黒髪

の甘い香りがバスルームからシャワーの湯気に乗ってこのリビングまで漂って来るような気がした。

僕は缶のハイネケンを半分ほど一息に飲み、甦って来た昨夜のリョウとの情事の興奮を鎮めようとした。さっき目覚めた時には一夜の夢のような情事でもいいと思っていた満ち足りた気持ちが、実際今また朝の光の中でリョウの裸体を目の当たりにした途端にもろくも崩れていくのを僕は感じていた。昨夜までの空虚な人生と孤独の闇の代りに、この年になって再び性欲に囚われ桃色の煩悩にさいなまれるのかと思うと、僕はアルコールで衰えた自分の肉体と神経がとてももたないような気がした。

しばらくしてリョウが白いたっぷりしたバスタオルに裸体を包んで戻って来た。リョウのきめ細かな小麦色の肌は昨夜の淫蕩な情事の痕がすっかり洗い流されたようにつやつやと上気して輝いていた。リョウぐらいの年齢の少女の肉体は情事が終ればその都度男の精の匂いを消し処女に戻れるのだと僕は思った。

「ああ、気持ちよかった。Kさんも浴びて来たらええのに」

リョウはまったく陰りのない笑顔で僕にいう。僕は平静を装って軽く頷いたまま、ふいに切ない思いに襲われリョウから視線を離せないでいた。リョウはそんな僕の心中を見透かすように笑いながら、

「Kさん、Kさんて、恋愛下手やね」

と思いがけぬ大人びたいい方で僕をそう冷かした。

「そんな思いつめたような顔してたら、オンナが逃げていっちゃうよ」

リョウはそういい、バスタオルを巻いたままソファの僕の隣に座り、甘く匂う裸体を凭せかけ、僕の首に手を回して僕の唇を強く吸った。

「リョウのこと好きやったら、何も考えやんと、リョウと気持ちのいいことだけしてたらええやん」

リョウは催眠術をかけるように僕の目をじっと覗き込んで不敵にそう囁き、人生なんて極めて単純なものだというように淫乱に笑った。

「リョウの助平」

僕はようやくいい返し、リョウのからだを抱こうとするとリョウははぐらかすようにするりと逃げて行ってしまい、

「いやや。せっかくシャワー浴びたのに、またべとべとになるよ」

とからかうようにいった。

僕は思わず苦笑し、本当に際限もなくなると思い、これをきっかけに今は朝の光を浴びていい加減に日常に戻ろうとカーテンを広く開けた。

「わかった。俺もシャワー浴びて来る。着替えて朝メシ食いに出よ。腹減って来た」

リョウは素直に頷き、

「早よ向こう行って。あたし服着るから」

と急に素面に戻り恥ずかしくなって来たというように俯く。僕はリョウの裸の肩にキスしてバスルームに向かった。

濃密な愛の時間を過ごしたセミスイートの部屋を後にしたのはもう昼前だった。

すっかり冬めいて寒かったが天気はよく、僕たちはシェラトンホテルを出、まるで恋人のように肩を寄せて土曜日の街を歩いた。今までオンナと泊った朝はホテルの二階のラウンジを利用するのが常だったが、リョウはよく行くサンドイッチの美味しいカフェが新地近くの地下街にあるといい、そこへ行こうと僕を誘った。

僕たちは珍しく澄み切った大阪の青空を制圧するように聳えるホテル・リッツ・カールトン・オオサカを左に仰ぎ見ながら二号線の交差点を渡り、地下鉄の降り口からディアモール・オオサカの地下街に潜った。

「その店はよう行くんか」

「うん、朝学校に行く前にそこで食べていったりする。ねえKさん、パニーニって知ってる？」

「まったく知らん」

「やっぱり。じゃ、リョウが奢ったげるわ。美味しいよ」

「大きに」

「でも、その店にKさんと一緒に行くやなんて、ほんま不思議やわ」

リョウは上機嫌ではしゃいでいた。しかし僕はさっきから、リョウの生活圏に入って行くのが何となく不安だった。僕は今までリョウにとって、またリョウは僕にとって、夜の新地での知り合いなのだった。そこは日常を離れた虚飾の世界で、昼間は存在しない蜃気楼だった。

若者で賑わう明るい自然光を採り入れた地下街を歩いているうち、僕は次第に気が重くなって行く。三十八才の僕はいかにもリョウに不似合いな、色褪せた存在だった。昨夜の情事は極彩色の荒唐無稽な夢を見ていたようで、リョウが僕を愛しているなんて現実には到底あり得ないことのような気がしていた。

「ほら、Kさん、あのお店よ」

リョウがお洒落な白い扉の可愛い喫茶店を指さして弾んだ声でいった。何の虞れげもないというように、リョウは長くしなやかな腕を僕に絡ませて来た。

続・新地物語

冬の匂いが、街に漂っていた。

乾いたビル風が吹き抜ける梅田新道の交叉点に架かる巨大な蜘蛛のように放射状に伸びた歩道橋を渡りながら、僕は昔の傷のかさぶたの痕をなにげなく眺めるように、御堂筋の西側に展ける新地本通りを振り返った。

御堂筋の末枯れた銀杏の樹々を透して見る暮れの昼下がりの新地は、ただのうそ寒い灰色の中層ビルの集合にすぎなかった。中には新しい建物もあったが多くはかなり年月を経てくすみ、昼間には用のないネオン管が海底に潜む骨の透けて見えるグロテスクな深海魚のように、白茶けたビル群の壁面にへばり着いて並んでいるのが見えた。太陽のない鉛色の大阪の冬空の下で、新地は深い眠りの底に沈んでいた。

モノクロ映画のように色のない街並を見ているうち、色褪せた白昼夢が僕の記憶の古ぼけた映写機から目の奥のスクリーンに映し出され、数年間の時を経たあるふたつのシーンへとフラッシュバックした。ひとつは、連夜その街を飲み歩いていた十年まえのバブル時代の狂騒の賑わいであり、もうひとつは、もっぱらある女に会うためにたまに顔を出していた二年前の活気のない通りの情景だった。そのいずれもの記憶がすでに痛みを伴わず、ともに遥か昔のことのように思えるのに安心しながら、僕はゆっくりその街から目を背け、歩道橋の階段を降りる歩みを速めた。

僕はこれから会社の顧問弁護士の事務所を訪ねるところだった。

関連会社の特別清算の件で打合せをし、大阪地裁に手続き書類を届け、六時ぐらいまでに仕事を終えてから、そのまま顧問弁護士と、もう一人同じ事務所にいる若い弁護士との三人で忘年会を兼ねて食事をする約束になっていた。

明日はもう仕事納めなので、実質、この打合せが今年最後の仕事になるのだった。僕は一年の総締め括りとして、気の合った彼らとの会食を内心楽しみにしていた。本来なら僕が店の段取りをするところだったが、吉田氏という年暈の弁護士が、新しい店を開拓したから案内させてくれ、と申し出てくれたのに甘えて選択を委ねていたために、まだ行く先を知らないのも、かえって一興だった。

西町奉行所跡の近くで産れ育った由緒正しき法の下僕だと、冗談まじりに自負する純粋な大阪人の吉田弁護士のホームクラウンドは、氏の地元であり、事務所からもほど近い天満、天神橋、南森町周りだったから、おそらく今夜の店もそのあたりなのだろう。

弁護士は、小じんまりとした白木のカウンターで気安く夫婦二人でやっているような、しかし魚の新鮮さと料理の腕については信用がおけるという、本物の店が好みだった。そこでじっくりと腰を据えて飲み、季節季節の旬の肴を味わいながらたわいもない話をするのが彼の何よりの楽しみであり、また美意識でもあった。

「Kさん、知ってまっか。旨い酒を飲むのに邪魔なもんがふたつある。それは、汚い話と綺麗な姐チャンや」

ちょうど僕と一廻り年齢（とし）の違う、五十を少し過ぎた弁護士は、一緒に飲むと満月のような柔和な顔を酔いで染め、このお決まりの台詞を滋味たっぷりに繰り返すのが常なのだった。彼の逆説的な警句は現在の僕の人生の気分にちょうど適っており、僕は彼と飲むことによって大きな喜びと慰藉とを得ているとさえいってもいいほどだった。

吉田弁護士の主義に従い、必ずしも豪華ではないにしても居心地のいい割烹に三時間ほどじっくり落着き、春なら木の芽、竹の子、夏なら鱧、秋は松茸、冬は河豚、それぞれの季節の料理に合う日本酒を飲みながらそれらのひと皿ひと皿を丁寧に味わい尽くし、愉快に喋ってそのまま別れる、そして心地よい静かな酔いを帯びたまま、安らかに眠りに就く、それが本当の酒の飲み方だと、この年齢になって初めて弁護士から教わったような気がしていた。

というのも、以前の僕はそうではなかった。それも、ほんの二年まえまでは。

僕にとって酒とは新地のクラブであり、着飾ったホステスであり、金で買った陳腐な恋であり、また企業での戦いに対する報酬だった。

黒服のボーイによって運ばれホステスたちによって供されるヘネシーやドンペリやスコッチは、首尾よく土地を転がしたりあるいはアジアからの資材の買付けに成功したりという、俗塵まみれの栄えある勝利の祝杯であったり、あるいはこれから新たに始まる企業利益のための聖戦への、餞けの花束であったりした。

　それが二年まえ、それまで十年近くの付合いで会えば情事していたクラブホステスのユウコがふいに店を辞めたのをきっかけに、僕は新地へ足を踏み入れなくなった。

　それまでの僕は、ユウコという一人のクラブホステスというより、新地という街に惑溺し、搦めとられていたのだったろう。この街には、人間の野心や欲望や美や醜さが極彩色の鮮やかさを放ってぎらぎらと輝き、蠢き、たぎり、溢れ返っているように見えた。野望を抱いたオンナたちが化粧とボディコンスーツとで完全武装し、それぞれの社会で功をなして自信に満ちた男たちと渡り合い、あるいは仲間のホステスたちと激しくせめぎ合い、脂ぎった性と生の欲望とエネルギーとがいつもそこここで噴火していた。それは僕にとって、戦慄するばかりの魅力的な光景だった。

　その華やかで冷酷な闘技場の中で戦い、もがき、そして次々と勝利をものにしていったユウコは、そのうちしだいにその果てしない戦いに堪え難い虚しさを感じ始めたのかも知れない。大学生の頃からアルバイトホステスとして働き、ちょうど十年間新地で生きて来たユウコは、三十歳を迎えてその容貌と肢体とホステスとしてのキャリアの輝くばかりの絶頂期に、村興しのため建設されたという紀州の山奥の村立天文台で募集していた喫茶室のマネージャーに職を求め、高級マンションを処分までして、ある日、突然新地を出奔したのだった。

こうしてユウコが新地を去ったことで、この街と僕との長い蜜月がようやく終わったと、今あらためて些かの感慨を覚えながら振り返るときがある。

ユウコがいなくなってから、僕の人生の気分は幾らか色変わりした。たとえば、いつの頃からか、情事を、恋だと思うようになっている。二年まえまでの僕にとって、情事とは肉の感触や精液のぬめりであり、あるいは愛液の甘酸っぱさそのものだった。ユウコとの情事がそうであったように、お互いに孤独な心をまぎらわす朝までの切ないモルヒネだった。それがいつからかそうでなくなって来たのは、ユウコとの別れがあったからかも知れないし、あるいは青葉がいつのまにか紅葉し、やがて秋風の訪れとともに枯れて散るように、僕の肉欲が年を経て擦り切れつつあるのかも知れない。

僕が会社の顧問弁護士である吉田氏と親しくなり、氏に連れていかれた西天満の小さい家庭的な割烹で、初めて本当の酒の味と愉楽とを知ったような気がしたのは、この頃のことでもあった。

西天満の弁護士街の古びたビルのひとつしかないエレベーターを九階で降り、薄暗い廊下をまっすぐ進んだ奥の突き当りに、「吉田・西野合同法律事務所」は在った。

いささか建付けのわるい扉を開けると、ちょうど吉田氏が秘書と打合わせをしていたらしく、執務室から受付のほうに出て来ており、僕の顔を見るなり満月のような顔をほころばせて、

「やあ、冷えますなあ。すぐ終わるから、ちょっとそこにかけといてんか」

と、愛想よく応接のソファを指して自ら勧めながら気安い調子でいった。

僕が秘書の女性に会釈して腰をかけると、ほどなく戻って来た弁護士は自

分も腰を下ろしながら、円熟した実務家らしく、

「地裁から、昨日、債務者一覧表を作り直してくれゆわれましてな」

と、前置きなしにさっそく仕事の話を始めた。ほどなく西野弁護士も姿を見せ、他の依頼者もいなかったので、そのままそこで打合せに入った。

西野弁護士は吉田氏の大学の後輩ということもあり、大阪大学在学中に司法試験に合格してからずっと氏の事務所で助手を務め、卒業と同時に吉田弁護士の共同経営者としてそのまま転がり込んだのだった。吉田氏と対照的に、細面に銀縁眼鏡をかけた白皙の秀才である彼は、大先輩の薫陶を受けて徐々に好ましい庶民派の弁護士に育ちつつあるように見受けられた。

効率良く打合せが終わり、南の方角に歩いて五分ほどの距離にある大阪地裁に書類を提出し、それが受理されて僕たちが事務所に戻って来たのは五時半すぎだった。飲みにいくには、ちょうどいい頃合だった。

「Kさん、これであらかた片付きましたなあ。あとはいよいよ清算結了の登記だんな。これは裁判所から法務局に嘱託されますから、放っといたらよろし」

「先生、ありがとうございました。おかげさまで、今年じゅうに何とか整理がつきました。これで今夜は、旨い酒が飲めます」

「お二人は、いつも旨い酒やないですか」

三人でもうそんな酒の席のような戯れごとをいい合いながら、僕たちは一仕事終えた愉快で闊達な気分で、すっかり昏れ落ちて暗くなった通りへ出た。

年の暮れも押しつまった大阪の街の夜空を見上げると、蒼白くライトアップされた中之島中央公会堂の遥か上方のビル群のネオンを映して薄赤い中空の中ほどに、鮮やかなオレンヂの金星が美しく瞬いていた。僕は随分しばらく振りに星空を見たような気がした。風はほとんどなく、ほてった頭にむしろ心地好い夜の冷気がからだを包んでいた。

吉田弁護士は大きなロングコートを羽織りマフラーを太い首に巻き付けながら、勝手知ったる弁護士街の小路をいそいそと西へ、僕の予想とは逆に、御堂筋の方角に向かって歩き始めた。

「あれ、先生、方角が違うんやないですか」

僕が混ぜ返すようにいうと、

「Kさん、きょうは新地や」

と、弁護士は浮き浮きとした声音で悪戯っぽく笑って返した。

「とにかく、不思議な店でしてな。和食やらフレンチやらイタリアンやらようわからへん。マスターに聞いたら、旨い酒を飲むための料理や、ちゅうて澄ましとうる。これがなかなか小粋な店で、君らみたいな若い人らやったらオ姐チャンと来るのもええかも知れんと、ご紹介したかった次第や。そやけど、ホステスの出勤前の同伴やったら、そこで酔い潰れてしまいよるかも知れんけどなあ」

弁護士はそういって呵々大笑した。この年齢の成功者としては珍しい、周りの者まで楽しくさせるような人柄の良さを惜しみなく無防備に振り撒いているのを、僕はいつもながら好ましく感じた。

昼間渡って来た梅田新道の交叉点を、今度は三人で逆に渡り南へ少し下ると、そのまま新地本通りの入口、いわば大門に出る。昼間久し振りに一瞥した新地本通りに、その三時間あとに入っていくのも皮肉な話だと内心苦笑しながら、それでもとくに唾棄すべき感情があるわけでもないその懐かしい街を久し振りに訪れることに、僕は心地よい興奮すら覚えていた。

新地は、三時間のあいだにすっかり夜の化粧を整えていた。

色とりどりのネオンや電照看板が通りを明るく照らし、その中を酒屋や氷屋や花屋のワゴンと、これから美容院へ向かうママを乗せた何台ものタクシーがせわしく往来していた。クラブやラウンジがオープンするまでにはまだ間があり、今は割烹や料亭が戦場のような忙しさを呈し始めている時間帯なのだった。たまに通りすぎる若いホステスたちは、これから同伴のまえに客と食事にいくか、あるいは親しい若い黒服と腹ごしらえをしにパスタか牛丼でも食べにいくところだった。決まりきった紺の背広にバーバリーのコートを着た社用族たちがいずれも小人数で楽しそうに闊歩しているのは、もう接待の忘年会の季節も終わり、親しい仲間うちでいよいよ最後の打上げを楽しみに来ているのだろう。

僕は本通りに入ると同時に、昔なじんだ空気が周りに立ち込めているのを、久し振りにプールに入って水の感触を思い出すようにひとつの皮膚感覚として感じ、楽しんでもいた。

弁護士たちと談笑しながら本通りを西に歩き、御堂筋と四ツ橋筋を結ぶ格好で東西に伸びている夜の街のちょうど半ばほどの三叉路まで来たとき、僕はふと、そこですれ違った女のほうを振り返っていた。

一瞬、ユウコを見たような気がしたのだった。

しかし次の瞬間には、それは追憶とセンチメンタリズムとが生み出したまったくの錯覚に違いないと思い直し、その印象を却下していた。安手のドラマじゃあるまいしと思い、今でもまだあの頃の新地とユウコの残像とに心の底のどこかで縛られているのかも知れないと、ひそかに自嘲した。

吉田弁護士に案内されたのは、本通りのもうほとんど四ツ橋筋寄りにある、まだオープンして日も浅いと思われる一軒の小さな、しかし華やいだレストランだった。

通りを見下ろす狭い外部階段を上った二階にあるその店の外観の印象は、半楕円形の大きな窓に、すでに気も早く、「Ｈａｐｐｙ・Ｎｅｗ・Ｙｅａｒ！」と白くペインティングしてあるのも好ましい、初めて店を出したばかりのまだ若いオーナーシェフの経営する可愛いイタリアン、というたたずまいだった。白ペンキ塗りの木製の扉を開けると、十人も座れば満席になるというようなカウンター席だけの店だったが、狭隘な感じはなかった。ゆったりした広いカウンターに、外国人の大男でも快適に凭れられるような大型の椅子を余裕を持って並べてあり、隣席の客と適度な距離を保ちながら寛いで食事がとれるようになっていた。

カウンターはエントランスより一段高く拵えられ、フロアには毛足の長い赤のペルシャ絨毯が敷かれていた。客は入り口のコンパクトな靴箱に靴を納め、そこでアンゴラのスリッパに履き替えて上るように工夫されている。

カウンターのうしろの壁面には、席の数だけアンティークな真鍮の大きなハンガーが掛かり、カウンターの下には鞄を置くための棚があった。これらすべての気配りから、この店のオーナーが快適な食事ということに関して、確固たる哲学を持っていることを十分窺い知ることができた。

「先生、ええ雰囲気の店やないですか」

僕はこれまで弁護士に連れていかれた、いずれも和食の淡白な割烹との趣味の差異にすっかり意表をつかれ、本心から感嘆して賞賛した。もっとも、快適性という点ではこの店もやはりこれまでの店と共通な印象を持っており、弁護士の嗜好に適ったものだった。

「そうでしょう。とにかく人の一倍半ほどあるわしらみたいな肥満体には、この椅子の大きさと、靴が脱げるっちゅうのが何よりありがたい。そうそう、マスターが気イわるうせんように付け加えると、もちろん料理も酒も旨い」

吉田弁護士はいつものようにまったりとした、しかも的確でユーモラスないいかたでそう茶化し、マスターのほうを振り返った。カウンターの中のマスターは四十前ぐらいの、意志的な角張った顎に髭をたくわえた美男子の部類に入る精力的な男だった。マスターは弁護士の戯れごとに、率直な自信に満ちた笑みを浮べて僕たちを迎えた。それは押しつけがましい笑顔でなく、酒や料理とともに心地よい時間を提供しようという自覚が好ましく感じられる、和やかないい表情だった。

西野弁護士もこの店は初めてだったらしく、年長の共同経営者のセンスを見直したというような賛意を表して店内を見渡し、

「先生、これは誰と来はったんですか。怪しいなあ」

と親しげな揶揄を含んだ軽いジャブを投げかけた。

「西野君、わしもこれでなかなか捨てたもんやないで」

吉田弁護士は大きな椅子に腰を下ろし、カウンターの中から、白衣にコック帽を被った美少年のような美少女によって供された、これもたっぷりとした温かいおしぼりで手を拭きながら、慈愛に満ちた目を後輩に向けてそう返す。

僕たちの他に、先客は二組いた。

いずれも五十まえぐらいの男女二人連れで、僕たちと違い少し小粋な職業、例えばデザイン事務所の経営者とその仕事上のパートナーといった印象の、感じのいいカップルだった。可愛いイタリアンレストランを思わせる外観と違い、この店の真価を享受するにはそれ相応の年輪が必要とされるように思え、この先客たちの落ち着いた親和感に満ちた姿は、ちょうど

それを満たすもののように見えた。

「Kさん、お任せコースっちゅうのでよろしいか」

弁護士が僕に尋ねた。むろん異存のあろうはずがなく、決してお愛想でない期待を込めてうなずき返すと、弁護士は続けて先を読むように、

「酒は注文せんでも、それぞれの一品について来ますねん。つまり、コースのひとつひとつに合う酒が料理と一緒に出て来るっちゅう仕掛けや」

と微笑ましい稚気を見せて種明かしするように説明するのだった。

「なるほど、それで同伴やったら酔い潰れてしまう、ゆうことですか」

「そうそう、時間をかけて、酒と料理をゆっくり楽しむ、これこそ大人だけに許された特権、大人のための店なんやなあ」

弁護士がその後半はどちらかといえばマスターに対していうと、マスターはカウンターの向こうで僕たちの前菜を盛り合わせながら、

「先生、うちは大人でも子供でもどちらでも大歓迎ですから、遠慮しはらんとどなたとでもどんどんお越し下さい」

と当意即妙に切り返してそういった。マスターのそのいいかたは、一見軽

口を叩いているように見えて、店の紹介者でありおそらくきょうの支払いのスポンサーと見て取った吉田弁護士との親密さを、初めて訪れた僕たちにじゅうぶん匂わせるための、サービスのプロともいうべき巧妙な技巧だった。吉田弁護士はこれも料理の隠し味だというように、マスターのそんな諧虐を楽しんでいた。

「さあ、Kさん、とりあえず乾杯や」

さっきの美少女によってやはりカウンターの中から、白い陶器でできた尻の座った大きなビアグラスが三つ並べられ、続いてその陶器と同じほどきめの細かい彼女の白い手でハイネケンがなみなみと注がれた。少女の注ぎかたによるものなのか、あるいはビールの成分によるものなのか、まるでたった今醸造されたような綺麗な泡が柔らかに盛り上った。

僕たちは乾杯し、男三人の宴が始まった。

「先生と新地に来るのは初めてやないですか」

たちまちそれぞれのカウンターの上にビールの杯を並べながら、僕はふと思いついて問いかけた。弁護士は軽く首を捻ってから、

「そうでしたかなあ。新地にはもう滅多に来んが、そうかとゆうて全然来んわけでもない。もっとも近頃は昔みたいに新地らしい店がなくなって、新地に来る意味もないようになったとゆうのはあるわなあ」

と思いがけず新地通なことをいい出した。僕は自分で勝手にこの庶民派の弁護士は新地嫌いというイメージを当てはめており、この通りを闊歩している彼の姿を想像したことはなかったのだが。

「Kさん、わしはこう見えてなかなか俗物やからね、若い頃はクラブのママや姐チャンにべんちゃらゆわれて見送られるのんが大好きで、ゆうたら、見送られる晴れがましさに新地に通とったんでっせ」

弁護士は僕の思いを見通したように茶化しながら、しかしやはりこの人らしく逆説的な洞察に溢れた警句を口にする。弁護士の指摘する通り、店でホステスたちを侍らせて飲むのもさることながら、帰りがけにその綺麗どころの世辞追従を背に受けてこの本通りに出ていく気分も、まさに世俗的な虚栄心をいやらしいほど満足させるものだった。僕は弁護士が自分のこととして語ったその柔らかな語感の内に、軽兆浮薄にはしゃいでいた十年まえの自分を覗かれているような鋭い舌鋒を感じ、酔いのせいのみならず思わず赤面し、声をあげて苦笑してしまう。

その僕の笑いに唱和するように、カウンターの隣席から、ごく自然に話が洩れ聞え思わず釣られ笑いをしたというような、遠慮がちな女の笑い声が聞えて来た。好意を持って軽く振り返ると、二年振りのユウコだった。

想い出がそのまま現実にデ・ジャヴしたような顔だった、と、あとでそのときの僕の表情を思い出すたび、ユウコは笑いながらそう表現したものだった。

語法的に適切な表現かどうかは別として、さまざまな感情が交錯した僕の混乱を表わすフレーズとしてそれはいい得て妙で、僕はユウコに格好のネタを与えてしまったと悔しがることになった。思えばデ・ジャヴの前兆は、店に向かうため本通りを歩いているとき、ユウコに似た女と擦れ違ったような錯覚としてあった。それは久し振りにこの街に入ったときから、新地に欠かせぬ風景として、長年濃密な空気のように馴れ親しんで来たユウコの存在を僕が無意識に探し求めていたからかも知れなかった。

初対面の他人に瞬時のうちに好意を抱かせる先天的なユウコの才能は、二年のときを経ていささかも衰えておらず、朴念仁でもなくすでに一杯機嫌の吉田弁護士の視線は僕を通り越し、自分の軽口を小耳に挟み、つい訳知りな笑い声を洩らしたこの新来の美しい女性客に注がれていた。さらに、ユウコの親しみやすい、かといって過度に押しつけがましくもない笑顔に誘われるように、この人としては珍しいことなのだが、

「いや、お嬢さん、お恥ずかしい。男っちゅうのはそんなアホなもんですわ」

と酒席のルールを逸脱しない程度の慎みを持って相客のユウコに話しかけすらしたのだった。

「笑ってごめんなさい。私もまえにそうやってお客さまを送り出すお仕事をしてましたから、いわはった感じが思わず目に浮かんで」

遠慮がちな弁護士の言葉に対して、ユウコは意識的に抑制された美しい大阪弁のアクセントで愛想よくそう返した。その愛想のよさは、酔いの高揚から思わず声をかけた弁護士を照れさせないための大人らしい配慮がな

された応対でもあった。

　ユウコは大柄なホステス風の若い女と二人連れだった。若いというより少女というほうがより正確な、まだはたち前に見える下ぶくれのその顔はあどけなさを残し、エクステンションらしい派手な金髪を、ひと時代まえのホステスがしていたようにウェイヴをつけてセットしているのがどこかアンバランスだった。少女は僕たちと目を合せようともせず、その年齢に共通する呆然としたような無表情さでパーラメントをふかしていた。

　ユウコ自身は髪を短くし、栗色といっていいような目立たない茶髪に染めていた。極端に幅の細いややブルーがかったレンズを嵌めたアルマーニの眼鏡をバタフライのように額に載せ、ほとんど化粧っ気のない、艶やかな、健康そうな頬の色をしていた。分厚いバルキーの黒のセーターとほとんどその長いしなやかな脚そのもののような赤い革のパンツとによって若い頃からのポリシーである締まった強靭な肢体をさりげなく包んでおり、どう見てもこの街の人間には見えなかった。弁護士がお嬢さんという言葉を選んだのも不自然でないほど若くも見え、全身の雰囲気はまるで質のいい木綿のようにナチュラルですっきりしていた。

　僕は弁護士とユウコのやりとりの合間にようやく感情の均衡を取り戻し、

「そういえば、以前どこかでお見かけしたような」

と白ばっくれて見せた。その口調に昔の僕の印象と変わらぬ皮肉っぽさを感じたのか、ユウコは懐かしみを漂わせたような暖かい笑いをくすりと笑い、

「私もなんかそんな気がしますわ。お会いできて嬉しいのは、確か請求書をきちんと払てくれてはったお客さんやからかしら」

と、打合せ済みの狂言芝居のように即座に切り返した。

　長年いろいろな人間を観察して来たのが唯一の取り柄だとふだん口癖にしている吉田弁護士は、その一言によってユウコの並々ならぬキャリアと頭の良さとを看破したように、

「こらおもろい。嘘かほんまか知らんが、Kさん、旧友再会を祝して、あらためて乾杯だんなあ」

というと、そのときちょうど膳に出ていたオリーブオイルで炒めたきはだ

鮪の絶妙の一品に適う酒として供されていたボルドーの白ワインのグラスを目の高さにあげながら、おもむろに乾杯の音頭をとった。ユウコはにっこり笑ってそつなくビヤグラスを持ち上げ、僕と若い弁護士とが慌てて遅れ気味にそれに和した。小娘一人がクリームソースのかかったミニチュアのように可愛く切り揃えられた黒豚の一口カツを、一心不乱にめざましい食欲で口いっぱいに頬張っていたが、それはそれでまた似つかわしくもあった。

吉田弁護士はそのあとさりげなく、僕と二人で自分を挟む配置で座っている西野弁護士のほうに向き直り、マスターをわざと挑発しながら話題に取り込んで、イタリア料理について楽しげに運蓄を傾け始めた。それは明らかに、僕とユウコのいわくありげな旧知の深さを確信した弁護士の、僕たちを話しやすい環境にしてやろうとする大人らしい配慮だった。それによって、僕はユウコと話し始めることができたのだった。

弁護士には及ばないものの、かつての客とホステスとしての単なる知り合いだという相互の暗黙の擬態をとるほどの知恵は僕たちにもあった。

「戻ってたんやな」

「ほん半月ほどまえ、十二月に入ってからよ。そのうち連絡しようと思てたのに、いきなりお会いするやなんてね」

「よっぽどご縁が深いんでしょうな」

「ふふふ、お店にいてる間は、滅多にお越しやなかったのにね」

一言話し始めると、昔の会話のリズムそのままだった。氷をふたつ浮かべて貰いキンキンに冷えたビールをぐいぐいあおるのも、まぎれもないユウコの飲み方だった。僕は自分の飲んでいるのが昔のようにバーボンでなく白ワインであることがむしろ不自然に思えた。

「何してるねん。またこの街で働くんか」

僕は匂わすまいとしながらそれを望む思いをかすかに滲ませてしまった口調でそう尋ねた。ユウコは敏感にその匂いを感じとったように優しく笑い、軽く首を振っていともあっさりと否定した。

「まえの店に遊びにいったら、いつからでも来てっていわれたわ。でも、そのとき若いホステスの子オら見てたら、勝手にお客さんの胸からケータイとって自分の電話番号登録したり、もう私らついていかれへんて思たわ。もう時代は変わったんや、って」

今度は僕が苦笑する番だった。話術にしても接客の段取りにしてもあれだけ気の走る有能なプロのホステスだったのに、ひとつの光景を見て即座に時勢を判断し復帰を諦めるスピードもまたユウコらしいと思った。

「そうやな。僕も最近はよう知らんけど、もう新地はバブルの頃の新地やないような気がするなあ。もっとも僕らかて、年寄りじみてこんなことをゆうほどの年齢やないけどな」

それから共通の知り合いの思い出話をとりとめもなく話すうちに、付け焼き刃の「僕」がとうとう「俺」になり、通り一遍の知り合いというお約束の言葉遣いのバランス感覚も危うくなって来た頃、ユウコはそれまで黙々と食べまさに腹拵えが終ったという趣きの連れの少女を促して急に立上がった。

「どうもお邪魔しました。すっかりお仲間をお借りしてしまって」

ユウコは二人の弁護士に会釈してとびきりの愛想よさでそういい、その言葉に紛れてカウンターの下から僕にさりげなく一枚の紙片を渡すと、結局一言もしゃべらずひたすら食べていた少女を従えて颯爽と店を出ていった。その間三十分足らずの、まるで昼食を食べに来たようなスピードの鮮やかな退き振りだったのは、われわれに対するユウコなりの気の遣い方に違いなかった。

「Kさん、次の機会には、紹介して貰えますかいなあ」

ユウコが店をあとにすると同時にそういって豪傑笑いしたのは、いかにも吉田弁護士らしい鷹揚さに包まれた気配りを示す会話への戻り方だった。僕は苦笑しながら、内心少なからず好奇心を持っているらしい弁護士に事情を簡単に説明した。

以前、新地の老舗のクラブでホステスをしており、店でもナンバーワンの売上げをあげていながら、突如として新地を上がって（辞めて）和歌山の山奥に籠ってしまったこと、その一別以来、きょう二年振りに再会したこと、しかしもう新地で働くつもりはないようであったこと……むろん、かつて何とか二人の人生を重ね合わせようともがき傷ついた時期もあるなどというのは、とうてい口に出せる話ではなかった。

「へえ！何と！そらおもろい話だんなあ。ただモンやおまへんなあ」

吉田弁護士は人の好い率直さでそう慨嘆し、シナモンを振った合鴨の香味焼きと一緒に供された吟醸酒を一口旨そうに含みながら続けた。

「何の職でもそうやけど、さんざん愚痴ばかりゆうて辞めたもんに限って、結局また同じ職に舞い戻って来よる。けど見たところ、あのお嬢さんはそんなタイプやおまへんなあ。無責任に想像したら、きっと完全燃焼しはったんでっしゃろなあ。それでも新地っちゅう街には、どうしても戻って来たなる魔力みたいなもんがあるんかも知れまへんけどなあ」

弁護士のその言葉の連想から、僕はふと昔聞いたスポーツの俚諺で試合場には魔物が住んでいるといわれるのは、ラグビーだったか、それとも柔道だったか、とにかく熾烈な格闘技だったと思い出し、譬えの意味合いは異なるが、新地にも魔物が住んでいるのかも知れないと感心しながら頷いたのだった。

ドン・ジョヴァンニのようなマスターの笑顔に見送られ、腹も気分も十分満腹して僕たちがその店を出たのは九時すぎだった。年の暮れも押しつまった新地本通りは思いの外暖かく、景気を考えればまずまずの賑わいを見せていた。

ここで吉田弁護士が帰宅の途につくのは例のこととして、案に相違してというべきか、それとも僕を慮ってとるべきか、西野弁護士は珍しく僕を誘わなかった。もっとも、西野氏はこの街にまだあまり馴染みがないだろうから、逆に僕が彼を誘うべきであったのかも知れない。しかし僕は、きょうは楽しい会合ではあったがこのままおとなしく帰りたい気分だった。久々に訪れた年末の新地で昔のように甘ったるい魔物に出喰わしたくもないという気もしていた。

僕たちは三人で新地本通りのほどよい雑踏の中を、四ツ橋筋のタクシー乗り場までぶらぶら歩いていった。僕は車を二台停め、それぞれの運転手にチケットを渡し、彼らを丁重に見送ったあと独りになった。

僕はこのまま、ＪＲ大阪駅に向かえばよかった。もっと晩くなったり寒さが厳しかったりすればタクシーに乗ってもいいが、淀川に架かる長いアーチ橋を渡ってすぐのいわば新地の向かい側にある僕の住むマンションは、下手すれば乗車拒否さえされかねなかった。酒を飲みにいった帰りにそんな不愉快な思いをしたくもなかったし、大阪駅まで歩いて電車に乗ってしまえば道路橋と並行した鉄橋を渡ってひと駅四分で着き、しかもねぐらはその駅前なのだった。

酔っ払いの千鳥足ではなかなか向こうに辿り着かない国道二号線の広い横断歩道を、何人かの酔漢を追い越しながら駅の方角に渡っている途中でケータイが鳴った。五つ聞いてから出ると、思ったとおり軽い笑いを含んだユウコの声が耳をくすぐった。

「さっきは失礼しました。ところで、これからそろそろ二次会にお出かけかしら？」

「いや、君子の付き合いでな、今別れて、独りで歩いてるとこや」

「何となくそんな気がしたわ。ねえ、よかったら飲みにいかへん？」

「ええな」

僕は落としていた心のかけらを、思いがけず拾ったような気分だった。それがないからといって生きていくうえで支障はなかったが、久し振りに手にしてみると、やはりそれはなければならないもののような気もした。

　僕は以前二人でよくいっていた、新地の永楽町通りに昔からある古いショットバーを指定した。そこは僕の知る限り新地には珍しい、無口でおとなしいマスターが一人でやっている店だった。もう還暦をすぎた小柄な、昔のモノクロの時代劇に出て来るような渋い男前のマスターのポリシーである磨き抜かれたロックグラスで、ライムを絞り込んだチンザノドライを飲みたい気がした。

　ケータイを切り、ポケットに突っ込んだ手の先に何かが触った。取り出して見るとユウコがさっき渡したメモで、そこに走り書きされたケータイの番号は僕の知っている昔のユウコの番号と変わりがなかった。ユウコらしい慎重さだと思い、しかもメモを渡して置きながらすぐ自分からかけて来るのもいかにもユウコらしかった。

　永楽町通りは、新地本通りの一本北にあたる、新地最北端の通りだった。

バブルの弾けたあと、この通りの特徴でもあった老舗のクラブやラウンジが幾つも閉店し、それらに取って替って若者向けのショットバーやビアホール、オープンテラス、イタリアンレストラン、串揚げの店、オープンキッチンの洋風居酒屋、関東煮き屋などが並び、国道二号線に抜ける角には可愛いケーキ屋までがオープンしていた。

地下鉄の入り口のように通りに開いた階段から直接降りていくそのバーは、そこだけ時計の針が止まり、時間の層が幾重にも沈殿していた。

二年振りの感触を懐かしみながら古めかしい重い樫の扉を押し開けて入ると、バーテンスーツの小柄なマスターがあの頃と同じように、声を出さない愛想のいい笑顔でまるでゆうべも来たように迎えてくれた。もう三十年以上もまえから、マスターはこの場所でこうして客の相手をしているのだった。

僕はマスターを見るたびになぜか、「ゴッドファーザー」のラストシーン、アル・パチーノの演じていた年老いたマフィアの頭領の最期の姿を思い出す。黙々とシェーカーを振りライムを絞りグラスを磨いているマスターを、公園のベンチから静かに崩れ落ち老衰死するゴッドファーザーと比べるべくもないが、すっぽりと背景に溶け込み、まるで店を構成するひとつのモノになり切ったようなマスターの存在の自然さが、僕にそのシーンを連想させるのかも知れない。

店の扉を開けたとき、古いアメリカ映画の書き割りのような十席ほどの煙草の煙にいぶされた古い木製カウンターの隅に、ユウコはもう座っていた。前に置かれた小さなビアグラスにはロック用の綺麗な丸い氷が浮かんでいた。

「おひさ!」

僕の顔を見るとユウコは途端に無邪気な笑顔になり、まるで合言葉を口にするようにそう挨拶した。さっきとは別人のような少女の顔になっており、その表情には昔からのユウコの美点である率直な心弾みが溢れて見えた。二年まえこの街でユウコと別れたときの無念さが僕の胸に甦り、この二年間は今夜こうしてユウコと再会するために存在したような気がした。

二年という時を隔ててこうして再会することは予定されており、それは虚しい孤独な空白の時期だったのではなく、僕たちにとって何かを熟成するのに必要な時間だったのかも知れないと、この懐かしいバーの魔力によって僕は一瞬愚かしくも甘く錯覚しさえした。

「考えてみたら、お互いに…」

　僕の癖で、最初に自分の感情をそのまま相手に伝えることを羞恥し、軽い洒落気分で会話を始めようとするのは、こんな場面ではなおさらだった。僕はマスターにチンザノを注文し、カウンターに腰を下ろしながら、自分たちを皮肉るように切り出した。

「かけようと思たら、二年間ずっと、さっきみたいにケータイでいつでも話ができたわけやな。どっちの番号も結局昔と変わってなかったわけやから」

　ユウコは優しい笑いを見せながら即座にあっさりと、しかし強い意志の力を仄めかして否定した。

「でも、Kさんの着信番号が出たら、私、出えへんかったかもしれへんわ」

「それなら、非通知にしてかける」

「それでも出えへんかったかも」

ユウコはクスクス声を出して笑いながら冗談めかしてそういったが、それは案外本音をいっているように聞えた。

「あの頃は、私、まるで機械みたいな生活やったなあって思うわ。もちろんホステスは苦しかったけど楽しかったし、いつも張りつめた緊張があってそれはそれでよかったと思うけどさあ、でも、私が私で居てられる時間が全然なかった」

「……」

「その中で、Kさんと居てるときはすごい自然やったし、今はやりの言葉でゆうたら癒されたような気がしたけど、でも、やっぱり、一回、自分の生活をがらっと変えてみたかったんやろね。こんなこと、今やから冷静に分析できるけど、あのときはただ疲れたってゆう感じだけやったわ」

「それで和歌山の山奥に隠居した、ゆうわけか」

「そう、村立の新しい天文台……ってゆうか、天文台付きロッジ、いや、ロッジ付きの天文台かな、家族で泊り込んで星を見に来れる施設なのよ。

その中のレストランコーナーで働いてたんやけど、二年間、天文台の研究員の若い人らと一緒に星見たりキャンプいったり、そら、もう毎日楽しかったわよ。新地に居てたときは年中アルコールまみれの胃イが、山の清水で洗われるような、そんな健全な生活を送ったんやもの！」

僕はユウコの言葉のリズムに心地好く乗せられ、思わず笑いながら茶化してしまう。

「まるでハックルベリー・フィンの冒険みたいやな」

「そう、ほんまに、そう。ハックリベリー・フィン子よ」

ユウコもそうおどけながら、喉にしみるような冷たいビールを旨そうに飲み干す。

「それで、もう大阪に帰れる、帰ってもええってやっと思たのが、今年の秋やったの。いくときは、向こうに家も買おて永住するつもりやってんけど、二年も居てたらやっぱり大阪が恋しなったのかも知れへん」

「……」

ユウコが微妙な感情をたゆたわせて口にした「大阪」という言葉に含ま

れる意味合いの中に僕の名前をあてはめてみて喜ぶほど、僕はもう若くもなかったし、自惚れてもいなかった。むしろユウコの話し振りから、新地を飛び出して自己回復の二年間をすごしたあとの気持ちの整理の中では、新地で生きていた頃の記憶とともに僕という人間もすでに過去のものになっているような気すらしていた。

そして、それはそれでよかった。それでも僕はユウコの精神的な回復を心から喜び、ユウコが僕に示す変わらぬ率直な好意の発露を、懐かしいものとして自然に受け容れていた。

「ええ経験したやないか。またこれから新しい気持ちで大阪で暮らしていけるわけや。俺も飲み友だちが帰って来てくれて酒が旨なるゆうもんや」

僕は本心からそういって迎えた。

「そやね。またKさんと一緒に飲みにいけるもんね」

ユウコはそう相槌をうってから、何かを口にしようとしてやっぱり思い直したというように言葉を飲み込み、その代わり軽く笑みを浮かべて僕の顔を覗き込んで尋ねた。

「Kさんはどうしてたの？ この二年のあいだ」

「どうしてたて、こっちは何も変わりない。おんなじように働いて、晩になったら酒を飲むだけの生活や。何の進歩もない、癒しどころか卑しい生活やな」

「あはは、やっぱり新地と縁は切れへんわけね」

「いや、この二年で一番変わったことゆうたら、新地にいかへんようになったことやな。きょう連れて来られたんはたまたまで、ほんまに久し振りなんや。そやから、さっきはよお会おたと思て正味びっくりした」

「え？ ほんま？ なんで？ もう新地に飽きたの？」

「いや、飽きたとか、そんな感じとは違て……」

　ユウコがいなくなったからだとはいえなかった。いえばまたいつものように洒落になってしまい、言葉だけ上滑りする恋ごっこのトッピングで終ってしまうのはわかりすぎるほどわかっていた。それはそれで心地好いものではあったのだが、久し振りに会っての告白としてはあまり軽すぎるような気がしまた芸もなさすぎると思い、僕は言葉を濁したままチンザノを口に含むしかないのだった。

ユウコはそんな僕の気持ちを読み取ったかのように、細いビヤグラスに付いた水滴を指でいじりながら、ほんの些細な何でもないことを口にするように呟いた。

「Kさん、私、Kさんに会いたかった。Kさんに会いに大阪に帰って来たの。もし今夜会うてなかっても、きっと明日か、あさってか、私から電話してたと思うわ」

僕はチンザノドライの甘苦い香りにむせそうになりながらユウコのほうを振り向いた。ユウコは僕の動揺が面白いというように微笑みを浮べてビヤグラスを見ていた。化粧っ気のない頬が少し染まっていたが、それが酔いなのかそれとも気分の高揚からなのかはわからなかった。

僕は嬉しいというより、ユウコが何を考えているのかを知りたかった。

僕たちは旧い付き合いで、まえからお互いの気持ちをわかっていて、情事のベッドのうえでからだを絡ませ合いながら、気持ちが高まるたびに愛していると切なく繰り返したりもしていた。しかし二年まえの僕たちは、まるで精液や愛液のように自分たちの撒き散らした言葉のどこまでが本心なのかという自身からの問いかけに対しては返事をすることができなかった。

僕はユウコを最も愛しく思って抱いた夜でさえ、その自分の感情がいつまでも続くという確信を持てなかった。ましてユウコとこのさきずっと一緒に暮らしている自分自身など想像すらできなかった。ユウコにしても、そのとき僕が同棲や結婚を申し込んでいたら、おそらく一笑に付してしまっていただろう。

僕たちはお互いに愛し合っていることに気づいてはいたものの、お互いのからだに精液と愛液とをなすり付け合い、いっとき孤独を誤魔化すように抱き合って朝を迎える以外に、その言葉の解釈を求めようとはしなかった。そして朝になると僕たちは、またそれぞれの日々の戦いと孤独とに立ち戻っていった。僕たちをそうさせたのは時代のせいだったのかも知れないし、あるいは単に僕たち自身の資質だったのかも知れないが、とにかく僕たちは自分の主人であり続けたかったし、とことん物質的でかつ懐疑的な気分の中で生きていた。

「俺は変わってないやろ？いや、ひょっとしたら若返ったかも知れへん」

ユウコのあからさまな愛の言葉のあとで、無意識にバランスを保とうとするかのように、僕はわざと軽くいってみせた。

「そうやね。サラリーマンって、老けていくのが商売やのにね」

ユウコも僕のトーンに合わせるように、おどけたような口調でそう返した。それはいかにもユウコらしい鋭い揶揄だった。巧みな直喩を用いて氷を割るように人間の本性のかけらを砕いていく話法はユウコならではの切れの良さが感じられ、僕は久々に懐かしく快い諧虐に触れることができた。

「それやったら、まるで俺がサラリーマン失格みたいやないか。そやけど確かに、俺は人とは違う、なんて自慢もできへん。人と違うてゆうんやったら、何でわざわざサラリーマンしてなあかんねん、甲斐性があるならその腕で稼げ、てなってしまう」

「ホステスしてたとき、それがよおわかったわ。サラリーマンのお客さんて、みんな年齢をとっていくうちに、段々おんなじようになっていくのよ。初め会おたときは独特な発想やセンスがあるって感じた人でも、何年か経つうちにきっとどこかの誰かさんみたいになってしまう。偉なりはったら偉なるほど、そう。まるでみんな年齢をとる競争してるみたいやて思たわ」

僕はユウコの鋭い人間観察に舌を巻きながら、それを肴にまた一口チンザノを含み、その薬草っぽい独特の味と香りを楽しんでいた。

見ようによっては、僕たちはさっきユウコの切り出した話を先送りするためにこんな会話をしているようでもあった。あるいは、さっきの話はもうあれだけですべて終わったのかも知れなかった。どちらかといえば、むしろそのほうが正解に近かったのかもしれない。いずれにしても、あれは僕たちのどちらかが今夜口にせずには済まなかった言葉であり、離れていた二年間の締め括りとしての思いだった。そして、その言葉の先は相変わらず続けようもないということを、二人とも知っていたのだった。しかし午前零時を回り、チンザノドライを何杯か飲み干した頃、僕はとうとう甘ったるい魔物に絡めとられたようにユウコの耳にささやいてしまっていた。

「俺も会いたかった。愛してるんや」

そのとき、もうしたたか酔っていたユウコの表情に、一瞬、勝利者の微笑みが浮かんだのを僕は見逃さなかった。

僕たちは、二年振りに新地のシェラトンホテルで朝を迎えた。その朝は仕事納めの出勤日だったので、チェックインしたときセットしていたベッドの枕許の時計のアラームで目を覚ますと、珍しくユウコが先に起きており、僕の顔を上から覗き込んでいた。カーテンの隙間から寒々とした冬の鈍い光がダブルルームに長く入り込んでいた。

「おはよう」

ユウコは優しい響きでいった。僕は昨夜からの会話の中で最も懐かしい言葉を聞いたような気がした。なぜかそれは懐かしい情事以上に懐かしいものとして僕の心に沁み渡り、僕は感情の揺れを隠すための寝呆け眼を装って返した。

「えらい早いな」

「そうね、昔はいつもKさんが先に起きてたわね。私が起きたら、Kさん、いつも冷蔵庫のジントニックを飲んでた」

「人をアル中みたいにゆう」

男は情事のときに女が見せる肢体の輝きや恍惚の表情ほどにはその翌朝の断片を覚えてはいないが、そういわれれば、そのときの記憶の幾つかがジントニックのライムのほろ苦さとともに甦り、僕は思わず苦笑してしまう。

確かに僕には何年かまえ、情事の翌朝にジントニックを飲むことが無意識の習慣になっていた時期があった。それはもしかしたら、その頃ふと思い立って集中的に読み返していたヘミングウェイの小説の影響だったのかもしれない。僕はユウコと夜をすごした翌朝目覚めると、美しい全裸のままでまるで戦士が束の間の休息を貪るように眠っているユウコの痛々しく化粧荒れした寝顔を見ながら、まだ頭の芯に重く残っている酔いの種火を消さないでおこうと努めるように、缶入りのジントニックをルームの冷蔵庫から取り出して飲んでいたものだった。

「Kさん、きょうは会社やてゆうてたよね」

ユウコは二年間の紀州での健康的な隠遁生活で得たと思われる、新地のホステス時代とは見違えるような肌艶のいい素顔を僕に向け、人の好さそうな微笑みを浮べて尋ねる。

「ああ、いよいよ仕事納めや」

僕はルームの冷蔵庫から、今朝はジントニックではなくウーロン茶を選びながらそう答えた。ユウコは僕が勧めるままに、やはり以前とは印象の違う胃の健やかさを感じさせるような気持ちのいい飲み方でそれを旨そうに大きく一口飲み、

「最後まで大変ね。夜まで仕事があるの？」

「いや、仕事納めの日は、午前中に机の回りを片付けて、昼ごろから部内の会議室で紙コップで乾杯してから、順次解散や」

「ふうん。ほな学校の終業式みたいなもの？昼すぎには帰れるの？」

「ところが、いつでもそれからまた勢いつけて、会社の近所に飲みに出たりするからなあ。まあ夜までには多分、ベロベロになってるやろなあ」

「あらあら、結局そうなるんやから」

ユウコは僕のいかにもルーズな答えに半ば呆れたように笑いながら、

「ねえ、ところで、明日からのお休みは何か予定はあるの?」と昔からの彼女の癖そのまま次から次へと矢継ぎ早やに質問を畳みかけて来る。

思えば、その独特で心地好い会話のリズムもまた、ユウコに関しての懐かしい記憶のひとつなのだった。ユウコが新地勤めをしていた頃、ただでさえ自分の話をしたくてしようのない酔客たちは、人の気を逸らさぬ天性の接客技術を持つナンバーワンホステスのユウコを聞き手に得て、それこそ有頂天になり愚にもつかない退屈な彼ら自身の仕事や日常についてさも得意げに喋りまくっていたことを、いささかの軽侮の念とともに僕は思い出す。

「もちろんある。俺もこう見えて忙しい」

「どんな予定?旅行にでもいくの?」

「まず、ウーピー・ゴールドバーグのビデオを借りて来て、飲みながら見る。それから気合いを入れて、『カラマーゾフの兄弟』の上巻を読み返す」

「え、なに、それ?外国の小説の題?」

「そや、真面目に生きていこうとする俺みたいな人間のための教科書や。俺はこのごろ、すっかり心を入れ替えて地道に暮らしてるからな」

僕は久し振りに軽口を叩ける相棒が戻って来たことが嬉しくて堪らないというような軽薄さでそういい、ユウコは僕のそんな高揚した気分が伝わったように可愛い嬌声をあげて笑い出す。僕はユウコの笑いにますます勢いづき、かつての酔客たちのように愚かしく調子に乗って続ける。

「ユウコが隠居してるあいだに、俺もなんぼか成長したよ。なんてゆうても、そのあいだ新地で飲まへん生活をして来たんやから」

「あはは、それがなんで成長につながるの？」

「考えてみいな、それまで夜中まで、ひょっとしたら朝まで新地で酒飲んでた時間に、いろいろ本を読んだり、人生について考えたり、反省したりできるやろ。特に、この反省は大事や。酒飲んで気が大きなったら、自分が偉いと思うばっかりで、絶対反省なんかする気にはならへんからな」

「それは正解！いえてるわね。でも、ほんまはKさん、単に新地に飽きただけと違うのかしら」

「とゆうか、白状したら、やっぱりユウコが居らへん新地にはいく気がせえへんかったんかも知れへんけどな」

僕は愛しいユウコの笑顔を見て、嬉しさのあまり、ゆうべ酔いに任せていいかけながら辛うじて飲み込んだ、男としていわでもの言葉を愚かにもついに口にし、それこそ即座に深く反省を強いられてしまう。ユウコは僕の胸に頬を寄せ、照れ隠しのように僕の上腕を愛撫しながら、

「Kさん、相変わらずやねえ。ええ年齢して、まだそんなあほなことゆうてる」

とまるで愚かな息子に向かって諭すような、身内に近いほどの情さえ感じさせる暖かくほとびた声でささやく。それからふと素敵なことを思いついたというように、

「ねえ、お正月、一緒に旅行いかへん？その何とかゆう本も持って！まさか鞄に入らへんほど大きな本やないでしょ」

と、人をたしなめておきながら、自分こそまったく率直に心弾みをそのまま露わにした口調で誘いかけるのだった。

そういわれれば、不思議なことに十年にも及ぶ長い付合いの中でユウコと旅をしたことはなかった。いや、それどころか、考えてみるとユウコとはこの新地以外で会ったことすらなかったような気さえする。

ゴルフをしない僕は、ユウコとまだ客とホステスという関係だったときから、休日に一緒にコースを回るという機会もなかった。そのうち何となく気が合い情事をするようになっても、いつも新地のシェラトンホテルか、たまにヒルトンに泊り、ホテルのラウンジで朝食を摂ってそのままロビーで別れていた。二人とも世間に対してお互いやましい気持ちも事情もあるわけでもなかったが、ごく当然のこととしてそんな関係を続けていたのだった。

そう気づくと、僕は途端にほとんど切ないような旅心を誘われ、年甲斐もなくユウコの提案に目を輝かせてさっそく快諾してしまう。

「よっしゃ、いこ！けど、今からゆうて空いてるとこなんかあるかなあ」

「旅行代理店をやってる友だちが居てるから、早速聞いてみるわ！たいていどこの温泉でも年末年始はドタキャンがあるはずやてゆうてたから、きっと見つかるわ」

無邪気に喜ぶユウコの笑顔に、僕はまるで自分たちがこれから新婚旅行にでもいこうとして相談しているように感じ、久し振りに聞く旅という言葉の響きの、最大限にロマンティックな相（すがた）を想像する。

たとえば、発車を待つホームに降る淡雪。ホームの売店で買う固い御飯の、それでいてなぜか食欲をそそる折詰の駅弁と小さな水筒型のビニール容器に入ったティーバッグの玄米茶。網袋入りの冷凍蜜柑。茹玉子。長閑な田園風景を肴に楽しむ缶ビール。鉄道唱歌のメロディーのチャイムと共に流れる悠長な車内放送のアナウンスで車掌の告げる終点は、鄙びた山陰の山あいの温泉宿あたり……。

そして、そんな旅立ちにふさわしい駅のイメージは、今から三十年まえの遠い少年の日の記憶としてある、現在の形に建替えられる以前の、旧「国鉄大阪駅」の残像だった。

鉄道にことさら詳しくなかった僕でも、大阪っ子の常識として、この駅が東京駅に次ぐホーム数を有していることは承知していた。おそらく終戦後すぐ、一面の焼跡の中にいち早く建設されたと思われるその古ぼけた駅舎はまるで巨大な迷宮のように奥深く、少年の僕にとっては神秘的でさえあった。

その頃はまだ、傷痍軍人と呼ばれていた兵隊帽を被った腕や脚のない白装束の中年の男たちが薄暗い駅の通路の隅に募金箱を置いて座っていたり、松葉杖をつきながら、まるで魂のちぎれるような切ない音色でハーモニカを吹き鳴らしたりしていた。

当時の駅舎の鬱蒼としたたたずまいが自然に生み出したのであろうポピュラーな怪談として、僕たちはイチビリな町内の年寄り連中と近所の銭湯で会ったときなど、手拭いを頭に乗せて湯に漬かりながら、もう今は耳にすることもない純粋の大阪言葉でこんな話を聞かされてもいた。

……おい坊主、知ってるか？……大阪駅の構内のドンツキにある「一番線」のホームのまだ奥っ側にナ、「零番線」っちゅう幻のホームがあってナ……夜サリ、最終電車が全部出てしもてホームの電気がみな消えたあと、そこから、死ンダモンを仰山乗せた、あの世行きの片道列車が発車するんやテ……嘘やない。ほんまやデエ……。

「なあ、ユウコ、考えてみたら、俺らの初めての旅行やなあ。二年まえに別れたときはもう会うこともないやろと思てたのに。またこうして会うたのも、何か『他生の縁』、ゆう感じやな。俺ら、よっぽど因縁があったんとちゃうか」

　僕はその古めかしい町内の怪談の連想から、印象深く覚えてはいたものの、今まで実感として味わうことのなかった春雨物語の中のある奇譚のタイトルを思い出し、不思議な感慨にひたりながら呟く。

　なぜかそのとき僕の感じていたのは、ゆうべのように、僕たちは結ばれるべき深い絆があってこうして再会し得たという歓喜の情ではなかった。むしろそれとは逆に、孤独な僕の魂とユウコの魂とが遠く離れた場所を越え、助けを呼ぶようにお互いを呼び寄せ合ったのかも知れないという、悲哀感にも似た気分だった。

　そう思うと、今回の僕たちの恋の旅はその幻の零番線から始まるのがいかにもふさわしいような気がし、それこそいい年齢をして、僕はこれから肝試しに向かう臆病な少年のように、思わず戦慄する。

「ほんまやねえ。いつもお店とホテルでしか、Kさんと会うことはなかったもんね。まさか私が大阪に戻って来るなり、たまたまKさんと会おておまけにお正月に一緒に旅行にいけるやなんて夢にも思てなかったわ。なんか嬉しいね」

むろんユウコはそんな黴の生えた怪談や、そこから触発された僕の曲折した心中を察知するはずもなく、僕の言葉を受け、心底嬉しそうに相槌をうってそう答えた。僕はユウコのその言葉尻を捉え、沈みかけた気分を立て直す絶好の機会だとでもいうように、軽薄に茶化して畳みかけてみる。

「何や。ちゅうことは結局よう考えてみたら、まだ独りで彼氏も居てへんってゆうことやないか。俺は正月用の懐炉代りかい」

「あは、ばれた!そおよね、こんなに急に話がまとまるやなんて、お互い、お正月をすごすとこのない寂しい独りモンやって白状してるようなもんやね」

ユウコは何の衒いもなく僕の揶揄を無邪気に笑い飛ばし、僕はその明るさによって多少なりとさっきからの不吉な妄想のゲン直しをしたような気にもなった。

僕は屈託のないユウコの笑顔を見ながら、今回の再会がまた二年まえのような破局に終わることのないよう、ひそかに祈らずにはいられなかった。もとよりユウコと結婚したり、あるいは同棲することとさえ想像すらできなかったが、お互いにこの狭い大阪の空の下で暮らし、たまに会ってこうして飲んだり喋ったり、あるいは情事したりする関係が今度こそ断ち切られることなくいつまでも続いて欲しいと、虫のいい願いを願いもした。

気がつけばもう出社する時間が迫っていた。僕たちはゆうべからの尽きそうにない会話をようやく切り上げ、初めての夜をすごした若いカップルのように名残り惜しげに身づくろいを始めた。今朝は昔の二人の習慣であったようにラウンジでの朝食を摂る時間はなかったが、僕は随分長いあいだユウコと一緒にすごしたような気がしていた。

大阪の街は、ゆうべとはうって変って、寒さの厳しい朝になっていた。低く垂れ籠めた都市の冬空はまるで薄汚れた打ちっ放しのコンクリートが醜く露出した天井のように、一面のグレイだった。ホテルを出て西梅田の地下鉄の降り口でユウコと手を振って別れると、僕は途端に柄にもなく気弱くなり、ユウコのしなやかな肢体に今一度包まれたいと女々しく心の中で呟き、一方ではその情緒を楽しみ弄んでもいた。

地下鉄の改札に続く地下道を、無数の蟻の巣のような家庭からそれぞれの妻に見送られて出て来たのであろうまっとうなサラリーマンたちの群れが、一片の連帯感もなく押し黙ったまま同じ方向に歩いていた。僕はその列にどこか後ろめたい気分で合流し、冷たい雑踏から身を護るようにコートの襟を立て、何ごともなかったかのように仕事納めの会社へと向かった。

結局、僕たちは旅行には出発しなかった。

ユウコがさっそく知合いのツーリストに聞き合わせたところ、あいにくユウコの期待していたようなキャンセルは出ておらず、第一、今から列車の指定席をとるのさえむずかしいだろうという返事らしかった。

その夜の電話での幾分気落ちしたトーンのユウコの報告に、それなら何

もわざわざ遠くにいかなくても、例えば京都や神戸のホテルでゆっくり新年を迎えるのも洒落ている、と慰めると、

「ウン！それもええわね！ゴージャスなイブニングドレスでディナーってやつやね」

と昔から気持ちの切り替えの早いユウコらしく、電話の向こうの声が瞬時に明るい活気を帯びるのがわかった。その現金なユウコの明るさとプラス思考は、むしろ僕に痛ましいようないじらしさを感じさせたが、年末年始を二人ですごすというプラン自体は、やや形を変えて実現することになった。名の知られたシティホテルではおそらく、最近の風潮としてオフシーズンである年末年始の集客のため趣向を凝らしたカウントダウンパーティーやショーなどのイベントも用意されているかも知れないと思うと、それもまずまずの選択肢かも知れなかった。

「Kさん、それならなにも大阪でもええやない。私、今までいったことのないホテルに泊ってみたいなあ」

ユウコにそういわれると、なるほど京都で新年を迎えるのは幾分アナク

ロで重苦しいようにも感じたし、そうかといって神戸の方面にいくのは、どちらかといえば明るい太陽の光が燦々と海にきらめき、ホテルのプールで水着姿のユウコの美しい肢体を眺められる季節のほうが似つかわしいと思い、そうするとやはり馴染みの深い大阪で年を越すのが最もふさわしいような気もした。

「ほな、リッツはどうや?もしユウコが今までいったことないってゆうんやったら」

僕は特別な相手と特別な時間をすごす特別な場所として、パリのそのホテルに長年ココ・シャネルが住んでいたという伝説に彩られ、とびきり華やかでゴージャスな祝祭のイメージを持つリッツ・カールトンへの宿泊を提案した。夢のように美しくライトアップされ、色とりどりのネオンや電照看板の瞬くビル街の上空に聳え立つ白亜の城塞を思わせる華麗な意匠の高層建築は、数年前に日本で初めて大阪にオープンして以来、キタのランドマークの一つになってもいた。

そのホテルの名が咄嗟に浮んだのはどうやらユウコも僕と同じだったら

しく、

「うん、ええね！そこにしよ！」

と即座に弾むような返事が受話器から返って、地理的にいえばあまりにも近い、僕たちの記念すべき旅の舞台が決定したのだった。


僕たちが大理石のマントルピースの横で暖炉の炎が燃え盛る、もうそれだけで非日常の世界に誘なわれてしまうようなホテル・リッツ・カールトンのエントランスロビーで落ち合ったのは、新地の四角い空が濃い灰色に曇った薄暗い大晦日の午下りだった。


僕の記憶の中では、大晦日は、いつも曇っているような気がする。

ユウコは時間どおりに、ゴージャスなミンクファーのコートに美しい黒のレザージャケットとサスーンのジーンズという、絶妙にコーディネイトされたいでたちで現れた。ホテルのアンティークな回転扉を開けてユウコが入って来たとき、職業柄、日々さまざまな人間を見尽くしているはずのベルボーイたちの視線がいっせいにユウコに集まるほど、それは鮮烈な印象だった。

ルイ・ヴィトンの大きな旅行バッグを軽々と肩から下げたユウコは颯爽とした足取りで広いロビーを横切り、奥まったコーナーの大きな革張りのソファに座っている僕をめざとく見つけると、小さく手を振りながら大股で近づき、

「Kさん、待った?」

と、満面の笑みを浮べて問いかけるのだった。

「いや、今来たとこや。それにしても大きな鞄やなあ」

「ウン!ええもんがいろいろ入ってるからね」

ユウコは悪戯っぽく笑うと、幼い少女が大はしゃぎでまとわりつくように僕の腕を取ってフロントに引っ張っていきながら、

「きょうは、老後の思い出に残るような日にしたいね」

と、いかにもユウコらしい人の意表を突くような、それでいて喜びの大きさがその年齢とアンバランスな直喩からじゅうぶん伝わる彼女独特の感情表現で、さっそく僕を楽しませる。

ユウコが昔から、たとえば些細なゲームをするときでさえ、その一瞬一瞬を貪欲なまでに楽しみ尽くす性分なのであることはよく承知していた。また逆に深刻なトラブルを抱え込んで鬱屈しているときなどにも、その反動として異様なはしゃぎ振りを見せることがあった。特に後者のとき、ユウコは自分の強靭でしなやかな肢体を破壊しようとするかのような激しい情事へののめり込み方をしたものだった。そしてそのいずれの場合も、僕はユウコの高揚の底の部分に、見ようによっては開き直りともいえる、どこかデスペレートな性癖が隠されているのを痛々しく感じとっていた。

フロントでチェックインしてルームキーを受取ると、僕たちは楽しみを後にとっておこうとする気分で、ルームの入口に荷物だけを放り込み、まず始めにホテルの高層階にあるバーラウンジを訪れることにした。

たまたま誰も乗り合わせなかったエレベーターの中で、僕たちはどちらからともなく昔のように抱き合い、キスをした。ユウコはキスが好きで、また巧みだった。僕の腕に抱き締められると、ユウコの肢体はそのきっかけを待ち望んでいたように柔らかに脱力し、ソフトクリームが溶けるように僕にしなだれかかった。

いつも鋭敏に張り巡らされたユウコの全身の運動神経はそのとき一時休息し、ただ狡猾な蛇のように僕にからみつく舌の動きだけが、ユウコの意志的なものとして、あった。魔術的なほど甘く陶酔感に満ちたホテル・リッツ・カールトンの空気に、ユウコの官能は明らかに淫していた。エレベーターが三十階のバーに着いたとき、僕の唇にはユウコのグリスのぬめりと香りが濃厚に残っていた。

「Kさん、ほんまゆうとね、私、お正月を独りですごすのが怖かったの。なんか、この世で独り取り残されたみたいな気イがして。去年とおととしは和歌山で、村の若い人らと賑やかに飲んですごしたんやけど、今年は、この大阪で独りぼっちなんやもん」

ユウコはエレベーターを降りながらいきなり無防備にそんなことをいい、僕はそのあまりにあからさまな告白に、それなら俺は懐炉代りかと茶化すことも忘れ、いささか愕然として立ち尽くしてしまう。

ホステスとして突っ走っていた頃のユウコの口からも寂しいという台詞

を聞くことはとき折りあったが、それはまた充電して明日から戦おうという戦列復帰の決意につながる気分が含まれていた。しかし今のユウコはまるで迷子になったまま夕暮れを迎えて途方にくれた子供のように、いたいけで心細げに思えてならなかった。

ユウコは今年三十二になったはずだが、二年まえに別れたときよりむしろずっと肌艶もよく、みずみずしい若さに満ちていた。知らない人間から見ればせいぜい二十五、六ぐらいに映り、間違っても三十をすぎているようには見えなかった。

端正に整っているだけでなくどこかしら愛嬌のある表情や、一片の無駄な脂肪もない引き締まった肢体は輝くばかりに美しく、華なら今を盛りの、あらゆる男を征服し、自分の足元に跪かせることができるほどの甘い芳香を全身から放ち、女として最も自信を持てる年代を迎えていた。

それは当然、ユウコ自身も自覚しているはずだった。ホステスとして復帰しようと思えばひく手はあまたにあるし、昔のようにパトロンを見つけ、今度は自分がママとして店を持とうと望めばそれも可能であるに違いなかった。

しかしユウコは、すでにそんなことには興味も情熱もないといったさまだった。今さらそんなありふれた野望など、若くして財界の大物たちと付合い、彼らを屈服させて来たユウコの新たな目標になり得ることはないのかも知れない。熾烈な生活に疲れ果て、二年間山深い村での生活を送ったあと、やはり新地の魔力に魅いられたように大阪に戻って来たユウコのこれからのいく先は、おそらく本人にもわからないのだと思うと、

『それならいっそ……』

と、僕はそれまで思ってもみなかった、いや、逆に十年間に亘って抑制し続けていたのかも知れない言葉を口走りそうになり、しかしさすがにその言葉をいい出す勇気はなかった。それを口にするのは、これまでの僕とユウコの関係をすっかり塗り替えてしまう、危険すぎるギャンブルだった。

「見て！Kさん、すごいええ眺めやわ！」

ボーイに案内されて窓際のテーブルに座ると、ユウコはたちまちいつものユウコに戻り、聞く者まで思わず立ち止まり振り返りたくなるような快

い抑揚に満ちた嘆声をあげた。

天井までの広い窓からは大阪の街並みが一望でき、鉛色の冬の曇り空の下に無数の灰色のビル群が巨大なパノラマとなって連なっていた。遠くに霞む都市の地平では、空のグレイとビルのグレイが渾然と溶け合い、仄暗い靄に包まれて物寂しく沈んでいた。

「天気がよかったら、きっと気持ちええんやろうけどな」

僕は昔ユウコとシェラトンホテルに泊った翌朝、そのルームの窓から目を細めて眺めた鮮烈な初夏の青空や、よくユウコや他の連れと終夜営業(ナイト)のスナックで朝まで飲んでいたバブルの頃、たいてい、これからダイビングにいくからと閉店を宣したマスターが扉を開けた瞬間に、まるで魔法を解き放つように店内に差し込んで来た朝陽と青空の印象を思い出しながらいった。それらの光景はそののちもずっと、ユウコとの情事から喚起される新地の空のイメージとして、あった。

僕の記憶の中の新地の朝は、いつも眩しく晴れていた。

「Kさん、お酒、飲んじゃおうか」

ユウコは僕の屈託を察したように明るく、また聡くそう提案した。ちょうどティータイムのメニューを持ってオーダーを取りに来たボーイに、僕はワイルド・ターキーのダブルのソーダ割りを、ユウコは氷入りのバドワイザーを注文した。まだ三時をすぎたばかりだったが、まだお天道様の沈まないこんな時間に飲む僕たちのような不心得者は他にもいるのか、ボーイはなんの意外そうな表情もなく愛想よく頷いてコースターを置いて戻った。

「今から飲んだら、このままずるずるいきそうやな」

僕は、こんな気分でユウコと飲み始めればそれこそとめどなくなりそうな予感を覚えながら、幾らか自嘲の色を漂わせていった。

「ええやん！大晦日やし。ずるずる飲んじゃえ！きっと、ネオンが点き出したら夜景がメッチャ綺麗よ、すごい楽しみやわ」

「そうやな、大晦日やし、な。今年一年働いて来た自分へのご褒美、ゆうとこやな」

「そうよ。そやけど、ディナーは食べられるように、ほどよく、飲んでね。

食前酒の気分で！」

　異性として最も魅かれ、同類として最も近しいユウコを相手にほどよく飲めるはずがないと心の中で苦笑しながら、僕はユウコと笑顔で乾杯した。きょうは大晦日だからかまわないという、ユウコが咄嗟に思いつき仕掛けた大義名分の言葉の罠が見事に僕の抑制を取り外したようだった。

　ユウコがかつてホステスとして成功した才能の一つは、こんな彼女の言語感覚の鋭さにもあった。ユウコは何千何万とある数多くの「言葉」というジグゾーの中から、自分の思いを相手に伝えたり相手の気持ちを忖度して悦ばせたりするピース、しかもきわめて単純明快な形をしたピースをすばやく的確に選択することができた。しかも、ユウコの選択した言葉は常に確実な威力を有していたのだった。

「ねえ、Kさん」

　ユウコは僕の顔を見ながら甘えるように、いくぶんからかうようにいう。

「なんや？」

「私ら、もし結婚してたら、一体どないなってたやろね」

「………」

ユウコは僕がさっきいいかけて飲み込んだ言葉を、いともやすやすと笑みさえ浮べながらいい、僕は万華鏡のように言葉を自在に操るユウコの力業にほとんど抗しきれない。

「私、ときどき思うことがあるわ。Kさんと結婚してた人生も、あるんちゃうかなって」

その言葉がユウコの本心なのか、あるいは大晦日のデートを盛り上げようとする無意識の演出なのかはおそらく本人にもわからないだろうし、僕にしてもそんなことはどうでもよかった。僕はユウコのその言葉をバーボンよりもなお香りの濃い酒のように味わい、ほとんど酩酊していた。

「私は両親が離婚して母親に育てられたからね、結婚に対してはどうしても夢が持てへん自分ってゆうのがあるのよ」

僕の陶酔感とは逆に、ユウコはグラスのバドワイザーを一口ゆっくり飲み、まるで澄み切った凪の湖面のように透徹した平静さで続ける。

「女は自分で生活していかなあかんってゆう気持ちがいつもあったし、独りでいることが楽やったしね。ホステスとして頑張って来たのも、男に対する仕返しってゆう気持ちが、ひょっとしたらどこかにあったのかも知れへんって、このごろ思うことがあるわ。でも、そこはもう吹っ切れた気分やねん。そろそろ仕合せになりたいのよ、私。それがどうゆうことなんか、それはまだわからへんけど」

意味の上からは重く切ないそんな言葉が、穏やかな微笑を浮べたユウコの口から次々と解き放たれた。それらの言葉はなぜか小鳥のさえずりのように心地好く僕の耳をくすぐった。ユウコの表情には、静かな喜びが溢れているような気さえした。それは、この言葉こそが、紀州の暮しの中でユウコが自省したあげく辿り着き、大阪に持ち帰って来た結論として、僕の心に違和感なく受け容れられたからかも知れなかった。

「ホステスをしてるときは、必死で頑張って、同僚や先輩のホステスの売上げに勝つのが何よりの喜びやったわ。いっぱいお金持ってるお客さんと駆引きして、それを使わすのが喜びやったわ。店のチーフ、マネージャー、それからママにも負けんとこうって一生懸命突っ張ってた。銀行の会長をパトロンにして、男に勝った、男を征服したって満足してた。そやけど、そんな勝ち負けの喜びって、どこまでいっても、どこまで勝っても仕合せにはなられへんのやって、今ごろになってやっと気イついたの。そう思たら、すーっと力が抜けて楽になったわ」

「……」

さっき僕は、ユウコが新地の魔力に呼び戻され、目的も見つからないいま迷子として今ここに居ると一人決めしたのだったが、考えてみるとまったくそれは見当外れな推察にすぎなかった。ユウコが自分の心の方向を定めて大阪に帰って来たのなら、新地で再びホステスをしようが、あるいはまったく新地から離れて会社勤めをしようが、それこそ誰かと巡り合い平凡な結婚をしようが、彼女はきっと仕合せになれるはずだった。そう思うと僕はまるで魔法にかかってしまったように、十年間心に封じ込め、自ら禁忌にしていた言葉を遂に口にしてしまう。

「それなら、俺と結婚しよう」

ユウコは一瞬驚いたような目をしたが、すぐにそれは親愛の情に満ちた潤みに変り、優しげに僕を見返し微笑んで、しかし断固として答える。

「それはできへんわ」

「なんでや」

僕は信じていた味方から裏切られ、ふいに鉄槌を打ち下ろされたように、やや混乱して聞き返す。

「そうかて、怖いねんもん、ものすごく」

「怖い?なにが怖いねん」

「そうかて、それでKさんとうまいこといかへんかったら、私一体どうしたらええの」

「……………」

まるで巧妙に計算し尽くしたように男の答えに窮する質問を浴びせかける、と僕は一瞬ユウコに対して愛しさの余り憎悪すら抱く。

男がプロポーズするとき、永遠の仕合せを担保する術があるはずもないし、それを請け合う言葉などあるはずもない。男がプロポーズし、女がそれを受諾する一瞬の信頼感がお互いに生涯続くものであるなら、あるいは情事のあと抱き合ったまま眠りに就くときの充足感がいつまでも色褪せないのなら、男と女は決して憎み合うこともないし、気持ちのすれ違うわけもない。

しかしそれを望むのは、夕焼けの美しさが永遠に続くのを期待するほど不可能な夢にすぎず、西の空を赤く染めて最後の輝きを放つ太陽は必ずその一瞬あとに姿を隠し、代りに夜の訪れが約束されている。その夜にどんな月がかかるのか、それともまったくの闇夜になるのかはわからないが、今はただこの瞬間の夕陽の輝きを真実の光として見守るしかないのだった。

僕はロックグラスのターキーを苦い薬のように口に含み、喉を焼こうとするように一気に嚥下してそのまま黙り込む。ユウコは僕の太腿に手を置きそっと愛撫しながら、まるで聞き分けのない子供を宥めるようにささやく。

「ごめんね、Kさん、私、しよおもないこといい出して。ずっとKさんのこと好き。ただ、私に勇気がないだけやねん。それはわかってるの。今夜はずっと一緒に居てられるんやから、楽しくすごそーよ！」

女の恋のマッチポンプに男はいつも振り回され弄ばれると僕は苦笑しながら、もう既にユウコの気紛れを許す気になっていた。僕とユウコのあいだでは、言葉はいつでも引込められるし、自由に修正もできる。待ったをかけて都合のいいように粉飾し、ときには取り消すことさえできる。なぜなら、僕とユウコは昔からそうであり二年まえに別れたときそうであったように、たとえどんなに激しく愛し合えたとしても、やはりお互いの人生を重ね合せることはできそうもないからだった。

僕たちはお互い似すぎていた。同じ形の孤独という冷たい塊を写し合う、対置された二枚の大きな合せ鏡だった。

「なあ、ユウコ、知ってるか、昔ある処に、自分のここの大きいのを自慢してる男がおってな…」

僕はボーイがターキーのお代りを持って来たのを汐に、もう真面目くさった与太話はこれ以上たくさんだと開き直るようにいきなり古い艶笑譚を持ち出し、ユウコはそんな僕の気持ちを感度よく察知して素早く聴衆に身を転じ、そのいかがわしく卑猥なオチに派手な嬌声をあげる。

「あはは、エッチねえ、でも面白い。それ、昔からある咄なの」

「そうや、これは江戸中期の小咄。何百年もまえから、こんなあほなことを考える奴がおったんや。いつの時代も変らへん人間の本質は、助平、やな」

「あは、人生の真実ね」

ユウコはホステス時代と同じ絶妙な合いの手を入れ、こんなことは朝飯前だというようにたちまち僕を愉快な気分にさせる。僕はユウコに翻弄されることに半ば被虐の喜びすら感じながら、数分まえには苦かったターキーが再び甘い芳香に戻り僕を酔わせるのを感じている。


僕たちが最上階のバーを出たのは六時すぎだった。

ようやくバーらしい雰囲気や照明になりつつあったものの、まだ客の入るには早すぎる時間帯だった。むろん大阪の街にはとっくに夜の帳が下りていたが、大晦日であるためかビル群のネオンの多くは点灯されておらず、戸外の冷気のせいでうっすら一面に霧を吹いた展望用の巨大な強化ガラスの向こうにはモノクロの薄闇が広がっていた。

ユウコの希望で、僕たちはホテルの中層階にある中華料理店で食事することにした。

一旦店に入り、中国服を着たハンサムなボーイに奥のテーブルに案内されたあと、ユウコは僕からキーを受取り、ちょっと化粧を直して来るから先に飲んで貰っていていいといい残してルームに戻っていった。

僕はユウコの言葉に従い、ボーイに台湾の紹興酒をオーダーし、明るく気持ちのいい店内の漆塗りの壁面にデザイニングされた、若いグラマラスな花嫁を李（すもも）に喩えたエロティックな古いポエムを好ましく眺めながら、ほどよい燗加減で供されて来たその至福の酒の甘い味と香りを、舌の先で楽しんだ。

ふと紫檀のテーブル越しの暗い窓外に目を向けると、いつのまにか外は夜の雨になっていた。この階はビルのちょうど中ほどに位置しているのだったが、かなり広いオープンのルーフガーデンがしつらえられており、そこに植栽された常緑樹の灌木が鮮やかにライトアップされて夜の中に浮び上がり、白く細い光線の束のような雨に濡れて美しく輝いていた。僕はその悲しいほどに幻想的な情景を見ながら、僕の人生も白い雨の糸のように虚構の光に照らされていると思った。仕合せも、不仕合せも、喜びも、哀しみも、情事の悦楽も、愛も、憎しみも、そしてこの世に生きていることさえも、はかない錯覚にすぎないような気がした。

「Kさん、お待たせ！」

突然、背後で活気に満ちたユウコの声がした。

目が醒めたように振り返ると、金銀のラメの入った真っ赤なチャイナドレスに着替えたユウコが、これこそが唯一の疑いようのない真実であり、絶対の価値だと誇示するように、深いスリットから伸びやかな白い脚を太腿まで覗かせ、艶然と微笑みながらそこに立っていた。

「ユウコ、綺麗やで」

僕は心からそういい、背凭れの高い玉座のような椅子をゆっくりと引いてユウコを隣に座らせた。

この物語はフィクションであり、実在の人物・団体とは一切関係ございません。

■著者プロフィール

濱田秋彦（はまだ あきひこ）

1960年生まれ、大阪府出身。
大学卒業後、会社勤めの傍ら執筆活動を続け、
生れ育った大阪を舞台に"男と女の機微"を描いた
『新地物語』でデビューを果たす。

続・新地物語

2017年11月9日 初版第一刷発行

著　　者　濱田秋彦
写真撮影　Takashi Hirano
協　　力　㈱バネックス
発 行 者　杉田宗詞
発 行 所　図書出版 浪速社
〒540-0037 大阪市中央区内平野町2-2-7-502
TEL 06-6942-5032　FAX 06-6943-1346
振替 00940-7-28045
印刷・製本　亜細亜印刷㈱

ISBN978-4-88854-508-2 C0193